메구스타 쿠바

내 생애 가장 아름다운 여행 3

카메라를 든 순례자 이경, 30일간의 쿠바 기행
이경李耕 지음

메구스타

은행나무

쿠바에서의 한 달

여행이란 종이위에 새겨진 땅이 정말 있는지 두 발로 걸으며 확인해 보는 일이다. 그런 나에게 디뎌보지 못한 땅은 허깨비에 딸린 그림자일 뿐이다. 길의 법칙은 자기 스스로 만들어 가야 한다는 것이다. 그러기에 어느 누구의 것과 똑같은 길은 존재하지 않는다. 그럼 쿠바로 통하는 길의 시작점은 어디일까? 바로 우리 집 대문이 쿠바의 입구이다. 쿠바뿐 아니라 세상의 모든 곳으로 향하는 입구는 우리 모두의 대문에서부터 시작된다. 출구인 동시에 또 다른 곳의 입구. 나는 이제 막 쿠바의 문을 열고 들어선다. 느티나무와 동네 아이들, 매일 보는 익숙한 풍경들이 인사를 건넨다. 마을버스와 공항버스, 비행기를 타고 내린다. 시야와 기억에서 입구가 가물거릴 만큼 멀어지자 하나 둘 익숙지 않은 풍광이 나타난다. 이내 아이들의 피부색과 말소리가 바뀌기 시작하는 지점에 이르면 쿠바의 입구에서 현관까지의 구간을 지나온 셈인 것이다. 현관문 마냥 비행기 출입문이 열리고 카리브 해의 태양이 뿜어내는 향내가 코끝에 걸린다. 눈꺼풀을 밀어 올린 훈기가 눈 안으로 와 닿는다. 이제부턴 시간이 일사천리로 흘러갈 것임을 알고 있다. 눈을 깜빡이는 시간만큼이나 빠르게 지나갈지도 모를 일이다.

지금 당신은 어느 곳을 마음에 품고 있는가? 간직해둔 곳이 있다면 문을 열고나서라. 그 순간부터 여정은 시작될 테니…. 간직해두었던 여행이 끝난 후엔 잠시 동안이었노라 생각이 들 것이다. 그러니 이 짧은 순간을 준비하기 위해 너무 많은 시간을 흘려보내지 않기를 바란다.

쿠바는 아름다운 곳이다. 깊이를 잴 수 없는 높은 하늘, 맑은 포말이 부서지는 푸른 물결이 쉼 없이 오가는 곳이다. 이름나지 않은 청정지역들, 과장되지 않은 유명세를 떨치고 있는 관광지들. 계획된 여정을 벗어나 어느 곳으로 발길을 돌린다 하더라도 실망스러움에 풀이 죽지는 않을 것이다. 그리고 쿠바는 멀고 먼 땅이 아니다. 멕시코와 미국을 바로 앞에 두고 있는 곳이다. 쿠바의 매력은 서구주의식 개발을 빗겨간 자연의 아름다움에만 있지 않다. 그보다 아름다운 것은 쿠바 사람들이다. 남루한 차림이나 풍요로운 미소를 함께 지닌 사람들, 삶과 예술을 공유하고 있어 굳이 공명심을 얻으려 하지 않는 이들 그리고 불안정한 미래보단 곤궁한 현재를 삶으로 받아들여 즐길 줄 아는 이들이 내가 만난 쿠바 사람인들이다. 때로 짜증이 나기도 했고, 지치기도 했지만 이 또한 모두 받아들여야 하는 쿠바였다. 내가 마주한 것은 곤궁한 생활을 하고 있는 이들이었다. 하지만 그들의 마음과 표정은 전혀 가난하지 않았다. 버거운 현실의 벽이 그들을 가로막고 있었지만, 또한 희망을 노래하고 있었다. 이타적인 인간 체 게바라가 잠들어 있는 곳, 민주주의를 가장한 추악한 자본에 아직은 물들지 않은 땅 그리고 500년의 식민지 역사를 스스로 끊어낸 자부심을 지닌 이들이 사는 곳 또한 쿠바였다. 피델 카스트로가 이끌었던 쿠바는 변하고 있었다. 쿠바를 다녀온 후 피델은 그의 자리를 혁명 동지이자 동생인 라울 카스트로에게 물려주었다. 노쇠한 피델은 현 정치에서 서서히 물러나고 있다. 혁명 1세대들의 시간은 이제 머지않아 끝날 것이다. 그리고 새로운 패러다임을 필요로 하는 시기가 올 것이다. 더불어 나는 희망한다. 그 시간이 되어도 자본의 논리로 인해 그 풍요로운 미소를 잃지 않기를….

쿠바로 향하려는 이들은 꿈을 고이 간직하고 있는 이들일 게다. 허나 그동안 개인만의 유토피아를 꿈꾸었었다면 이젠 이타주의를 조금씩 꿈꿔 보자. 스스로의 삶에 혁명의 필요를 느꼈다면 이제 당사자에게만 머물고 마는 혁명에서 벗어나는 것은 어떨까? 혁명은 영웅만이 시작할 수 있는 것인가? 영웅이 필요하다면 쿠바에서 그 실마리를 찾을 수 있을 것이다. 우리의 삶속엔 때때로 혁명이 필요하다. 돈이 지배하는 세상에 희망이 없는 것처럼 재화를 얻는 삶 또한 희망이 숨 쉬지 못한다. 어디서 멈추어야 하는가? 나는 이 물음의 답변을 쿠바에서 재차 확인할 수 있었다. 쿠바 여정을 끝낸 후 내게 남은 몇 가지의 질문 또한 그리 오래지 않아 풀렸다. 쿠바로 향하는 이들이 되도록 스치는 호흡보단 머무는 숨으로 쿠바를 체험하길, 따뜻하게 다가오는 이들의 마음을 가까이서 느껴보길 희망한다. 눈으로만 즐기는 여정은 그리 오래가지 못하기 마련이며, 새겨지는 것도 없을 것이기 때문이다.

나를 대문 밖 쿠바로 불러낸 이는 '김정아'이다. 그녀는 자유로운 영혼을 가졌을 뿐 아니라 그것을 이타의 실천으로 옮긴 인간이다. 계획했던 쿠바로의 동행은 이루어지지 않았지만, 나는 쿠바에서 겉모습만 바꾼 그녀를 만날 수 있었다. 그녀는 친구이자 누이이며, 닮고픈 스승이다. 차고 넘쳐 어쩔 수 없이 밖으로 표현될 수밖에 없는 자유로운 영혼으로 음악과 춤, 시를 읊던 그녀를 쿠바에서 다시 조우할 수 있었다. 늘 그러했듯 그녀는 잘 익은 사과마냥 싱그러운 향기를 내고 있었다. 그리고 쿠바 기행을 마치고 돌아와 얼마 후 그녀와 함께 새로운 여행길에 올랐다. 이것이 깊은 선의를 품고 나누었던 나의 스승과의 마지막 여행이 되었다. 그동안의 나의 여정은 뫼비우스의 띠 마냥 도착점 없는 과정이었다. 물음표만을 던지는 시간이었다. 나는 과거에 살고, 미래에 살기를 바라왔었다. 하지만 내가 사는 것은 오직 현재뿐이었다. 지나간 시간에 붙잡히고, 앞으로의 시간을 기다리는 어리석은 순례는 이제 끝났다. 순례는 심각함, 슬픔, 우울함이 아니며, 유쾌하며 단호하고 여럿이 함께 나눌 수 있어야 하는 것일 게다. 더불어 종교뿐 아니라 어느 것에도 매이지 않고 머물지 않는 현재를 살고 싶다. 어떤 이는 시로써, 음악으로써, 춤으로써 자신의 길을 간다. 나는 빛을 담는 상자를 품고 길 위에 선다. 이제 한 판 잘 놀아 보련다.

하늘 밝은 곳에 살고 있는 사랑하는 나의 딸 '지오', 존경하는 스승 '김정아' 님께 이 책을 바친다. 힘든 시간을 이겨내고 있는 풍요로운 땅, 아내 '임진미'에게 무엇으로도 표현할 수 없는 고마움과 위로, 존경과 희망의 마음을 전한다. 건강한 마음과 몸을 주신 부모님과 어려운 시간 내내 그림자 마냥 우리 부부를 보살펴 준 '차숙희, 손명진, 김승자, 정명회' 님께도 깊은 존경의 뜻을 보낸다. '동출, 한북, 법인' 스님과 '임희근, 김라합, 이동기, 김서령' 님을 비롯해 따뜻한 마음을 내주신 분들께도 고마움을 전하고 싶다. 그리고 쿠바 여정을 함께 한 '김승준', 보잘것없는 사진과 글을 묵묵히 기다려 준 은행나무 출판사의 '주연선' 대표님과 '강소라' 님께 감사의 뜻을 보낸다.

유월의 온기가 있는 새벽,
샌디에이고에서 이겸.

차례

005   들어가는 글 쿠바에서의 한달

013   여행의 시작 쿠바를 위한 기다림과 설렘

022   산티아고 데 쿠바Santiago de Cuba 혁명의 기지에서 보내는 쿠바의 첫날밤

102   바야모Bayamo 쿠바의 전성기를 기억하는 넓은 사탕수수 농장과 고원

118   까마구웨이Camaguey 통속적인 것이 아름답다

146   트리니다드Trinidad 푸른 바다와 파스텔 빛의 도시

182   산타클라라Santa Clara 영웅들이 잠들어 있는 혁명의 성지

에메랄드빛 바닷가의 가난한 어부와 언덕 위의 부자들 플라야 히롱·Playa Giron   210

쿠바의 아테네에 세워진 스페인 건물들 마타자스와 카데나스Matanzas&Cardenas   228

바다에 누워 별을 보다 바라데로Varadero   252

세상에서 가장 아름다운 추악함 후벤투드 섬Isla de la Juventud   274

에르네스트 헤밍웨이와 에르네스트 체 게바라 아바나La Havana   296

작은 쿠바이야기   340

여행의 시작

쿠바를 위한 기다림과 설렘

둥근 창

"후우, 드디어 가는구나!"

배낭을 꾸릴 때까지만 해도 실감이 나지 않았었는데, 창밖 풍경이 움직이기 시작하자 나도 모르게 숨을 내쉬게 된다. 내게 있어 둥근 모서리의 비행기 창은 미지로 떠나는 상징 같은 것이다. 그것은 그동안 지내온 삶의 터전으로부터 멀어지는 것을 의미한다. 둥근 창을 보는 시간이 길면 길수록 새로운 여행지는 멀다. 이번에는 얼마 동안이나 창안에 머물게 될까? 비행기란 타임머신 같아서 시간이 흐르고 나면 상상할 수 없던 곳에 나를 데려다 놓곤 한다. 그런 이유로 어디론가 가고픈 마음이 일단 싹트기 시작하면, 가고자 하는 목적지까지의 거리를 따지기보단 새롭게 펼쳐질 것들에 대한 궁금증으로 머릿속이 가득 찬다. '이번엔 어떤 일들이 기다리고 있을까?' 공간이동에 있어 거리는 무의미하다. 시간이 변수다. 얼마만큼의 시간이 지나야 하느냐 하는 문제일 뿐. 잠수함의 해치마냥 굳게 닫힌 비상구가 열릴 때 멈추었던 시간은 다시 흐를 것이다.

모두들 기내의 불이 꺼지자 기다렸다는 듯 일제히 담요를 덮고 잠을 청한다. 동시에 외계의 신호라도 받은 것일까? 타임머신, '에어 캐나다'의 서비스 수준은 보통. 별다른 불편은 없으나 담요의 질감은 별로 좋지 않다. 부드러운 촉감을 기대한다면 실망할 것이다. 담요는 역시 '국내 항공사'가 최고다. 자욱한 안개가 깔린 듯 희미한 기내, 식사시간이 가까워졌는지 여기저기서 꿈틀댄다. 모두들 '배꼽시계'가 울리는 모양이다. 둥지에서 기다리던 새끼들이 어미 새를 향해 주둥이를 내밀듯 '쭈우욱' 고개를 뺀다. 냄새를 맡고 보채느라 재잘대는 소리가 소란하다. 국적과 목적지가 다른 여행자들의 소리가 석여 외계의 언어를 만든다.

기포를 타고 나는 큐브

공항이란 낯선 공간과 공간 사이의 중간 어디쯤 되는 곳이다. 어느 시대에도 없었던 유선형 건축양식이 그렇고, 이곳을 벗어나면 볼 수 없는 다양한 자동차들이 그렇다. 또 한 가지 몸을 더듬는 보안요원의 장갑 낀 손이 그렇다. 낯선 환경이란 다소의 불편함을 강요한다. 물론 그만큼 궁금증도 유발한다. 아직까지도

그 풍경은 어린 시절 엄마를 따라나선 시장 풍경만큼이나 흥미롭다. 이럴 때면 어디선가 들려올 것만 같은 소리, "철들려면 아직 멀었다!" 그럼 난 서슴없이 대꾸한다. "나 철 안 들란다."

청사를 돌아보다 발견한 수족관이 눈길을 끈다. 천장까지 닿은 커다란 어항 속에는 물고기 대신 큐브들이 떠다닌다. 플라스틱으로 만들어진 색색의 정육각형 물고기들이 헤엄친다. 빛을 내며 우주 공간을 유영하듯 떠다니는 큐브. '나의 기포는 무엇일까? 밑바닥까지 떨어지면 어떤 기포를 잡고 올라가야 하나?' 그동안 나의 생활도 여기 이 큐브들과 다르지 않았다. 헤엄치고, 떨어지기를 반복했고, 그때마다 기포가 나타나 다시 헤엄칠 수 있게 해 주었다. 숨통을 틔워 주기도 했다. 어떤 이들은 큐브로 살기도 하고, 기포를 만드는 물줄기로 살기도 한다. 난 많은 물줄기들을 만나 그들이 선사한 기포를 타고 자유롭게 유영했다. 나를 지탱해준 고마운 물줄기들의 모습이 떠오른다.

첫인상

토론토에서 탑승한 쿠바 국적 항공기. '드디어 쿠바로 들어가는 건가?' 약간의 기대와 설렘. 기내는 평온하고, 여타의 풍경들처럼 일상적이다. 나의 떨림을 아는지 모르는지, 전혀 관심 없는 이들과 함께 아바나를 향해 이륙한다. 어느새 가까워진 목적지. 하늘에서 내려다본 쿠바는 끝없는 해안선이 펼쳐져 있었다. 바다에는 파도가 만들어낸 포말들이 흰색 언덕처럼 너울거리고 있다. 바다를 지나 지상에 가까워진다. 도로는 잘 뻗어있지만 차는 매우 드물게 오간다. 포장이 안 된 길도 많아 보인다. 주로 다니는 구간만 포장을 한 것일까? 산이 없는 평지로 낮은 단층주택들이 이어진다.

오후 3시, 마침내 쿠바 입성. 3번 터미널, 아바나 국제공항의 공항 검색대를 통과한 후 인터뷰를 위해 대기선 앞에 선다. '내가 지금 당신의 마음에 들어야 하는 건가요?' 긴장의 시간이 잠시 흐른 후 도장이 '쾅!'

찍힌다. 비자는 여권에 붙어 있지 않고, 따로 떨어진 한 장의 종이뿐이다. 그러므로 여권에는 쿠바에 다녀온 흔적이 남지 않는다. 쿠바를 여행하는 기간 동안 가장 중요한 서류는 이 작은 종이쪽지인 '비자'이다.

국내선 공항으로 나오는 침침한 통로에는 하바나 클럽$^{Havana Club}$과 크리스탈^{Cristal} 등 쿠바의 주류와 현지 여행지들을 선전하기 위한 광고판이 불을 밝히고 있다. 공항의 일반적인 풍경임에도 불구하고 하나하나 눈여겨보게 된다. 밖으로 이어진 통로에는 남국의 빛이 들이치고 있었다.

공항 청사는 예상했던 것과는 다른 풍경이다. 남루한 노인의 품새를 예상했는데, 지금 내 앞에 놓인 풍경은 청년의 모습이다. 공항은 높고 밝았다. 자연광이 쏟아져 들어오는 실내는 한적하고 여유롭다. 덩치 큰 사람들의 발걸음은 가볍고, 시골 사람들 같은 얼굴을 하고 있다. 공항 한편의 카페테리아, 벽의 푸른 창을 등지고 앉은 사람들, 몇 가지의 음료수들. 테이블 앞에는 텔레비전이 등대마냥 솟아 있다. '어디선가 본 듯한 풍경인데….' 고개를 돌려 다시 사방을 훑어보기 시작했다. 천창으로 쏟아져 내려오는 빛이 바닥을 밝히고 있었다. 우물 안으로 들어오는 빛 같다. 빛줄기를 맞으며 오가는 이들, 빛 한가운데 서있는 사람들. 명암의 대비가 강한 풍경들이 청사 안 여기저기에서 눈에 띄었다. 선명하고 환한 일상들이 그려지고 있었다. 쿠바의 첫인상은 '낡았지만 깨끗한 옷을 걸친 이'를 만난 기분. 그이는 밝은 빛을 받으며 서 있었다. 공항 검색대를 통과할 때까지 품고 있었던 불안한 마음은 흔적 없이 증발해 버렸다. 공항을 빠져나오며 생각한다.

'천창으로 쏟아지는 햇살처럼 밝은 일들을 만나길….'

아바나 공항에 내렸지만 아바나 시내를 향해 가지 않기로 했다.

이번 여행에 함께한 승준이와 쿠바의 동쪽 지역인 산티아고 데 쿠바로 곧장 날아갈 것이다. 그곳이 쿠바의 여정을 시작할 출발지이다. 산티아고 데 쿠바로 가기 위해선 다시 국내선 비행기를 타야 한다. 1번 터미널에 도착한 우리는 밤 10시에 출발하는 비행기를 타기로 했다. 아직 8시간이 남아 있어 공항을 빠져나와 마실을 나선다.

쿠바에 도착해 처음 걸어보는 길. 오후 햇살임에도 열기는 식지 않고, 올드카들이 오가고 있다. 공항 입구에는 알 수 없는 인물의 흉상 옆으로 쿠바 국기가 펄럭인다. '쿠바에서 중요한 인물인가?' 가까이 가보니 이름이 쓰여 있다. 쿠바 독립의 아버지라고 불리는 호세 마르티. 온통 하얗게 칠해 놓은 흉상이 더욱 생경한 느낌을 준다. 나의 성장기 동안 알게 모르게 입력되어진 쿠바와 피델 카스트로에 대해 궁금증이 증폭되어 가고 있다. 궁금증에는 다수의 의구심도 있었다. 이른바 어른이 되어 가면서부터는 유년 시절 의심 없이 배워왔던 것들 중 상당 부분을 의심해야 했었다. 쿠바도 그 어디쯤에 있었고, 궁금증과 의구심으로 퍼즐을 맞추어야 하는 시간이 온 것이었다.

바깥 열기를 피해 청사로 돌아오니 많은 이들이 주시하고 있는 텔레비전에서는 야구 중계를 하고 있었다. 쿠바와 도미니카 공화국의 대결. 경기가 진행되는 동안 가볍게 소리를 지르기도 하고, 자국의 선수가 공격

서구 제국주의자들에겐 악의 근원이었고, 쿠바인들에겐 독립 정신의 모태였던 호세 마르티.
아바나 국내선 공항 입구

에 나서면 손을 뻗어가며 훈수를 두기도 한다. 웃고 찡그리는 얼굴로 가
득한 공항 대기실은 마치 시골의 마을 회관 같은 풍경을 연출한다. 공항
경찰과 손님은 격의 없이 서로를 대한다.

청사 한쪽에는 현금인출기가 있고, 상점도 몇 개가 있다. 전력 사정이
좋지 않은 쿠바지만, 공항 대합실에는 에어컨도 찬바람을 내뿜는다. 실

내는 깨끗하고 사람들이 많아도 소란스럽지 않다.

　이제 직접 만나게 될 쿠바의 모습은 과연 어떨 것인가? 그곳에서 만날 사람들과 풍광들, 삶의 모습에 대한 기대로 밤늦게 비행기에 오르는 걸음이 가볍기만 하다.

세계의 명함들이 쿠바에 다 모였다. 다녀간 흔적을 남기고픈 것이 인지상정.

Santiago de Cuba 산티아고 데 쿠바

혁명의 기지에서 보내는 쿠바의 첫날밤

산티아고에 날개를
접다

쌍발기 안으로 들어서니 복도를 사이에 두고 좌우로 각각 19줄의 좌석이 배치되어 있다. 오랜 세월을 견뎌낸 낡은 좌석에게 등받이 조절을 기대하는 것은 무리인 듯싶다. 창밖에서 들리는 비행기의 엔진 소리는 대화가 불편한 정도로 시끄럽다. 마치 50만 킬로미터 이상 운행한 디젤 자동차에 실린, 관리 안 된 엔진 소리 같다. 곧 프로펠러가 돌고 승무원으로부터 음료수를 건네받는다. '앗! 놀라지 말자!' 기대하지 않고 있던 서비스를 받으니, 조금 낯설게 느껴진다. '쿠바를 너무 얕보고 있는 것 아니야? 그래도 큰 기대는 금물이지.' 속말을 삼키는 사이 기체가 땅을 딛고 올라섰는지 바퀴 접히는 소리가 들린다. 앞좌석 등받이에 무릎이 닿을 정도로 빽빽이 들어찬 의자

◀ 마세오가 소리친다.
"혁명이란 죽은 자들을 위한 것이 아니니, 살아남은 자들이여! 다시 앞으로 나아가라!"

에 나보다 훨씬 큰 거구들이 들어 앉아 있다. 마술인가? 마법인가? 코끼리가 유치원 의자에 앉아 있는 듯하다.

　오후 11시 20분. 차창 밖 풍경은 빛없는 어둠을 연출하고 있다. 서울마냥 고층 빌딩의 현란한 불빛은 찾아볼 수 없다. 불빛은 지상에 매우 드물게 점점이 박혀있어 어둠에 갇힌 별 같다. 아바나에 도착해 바로 국내선 비행기를 탔으니 쿠바가 도대체 어떤 나라인지 궁금하기만 하다. 아직 이 나라에서 하루도 머물지 않았으니 아는 것이라곤 아무것도 없는 셈이다. 그런 탓에 자꾸만 창밖을 내다보게 된다. 밀집된 불빛들을 지나는 것을 보니 제법 큰 도시 위를 날고 있나 보다. 그렇지만 말 그대로 '제

▲ 낯선 환경과 사람들, 그녀가 들고 탄 뚜껑 없는 케이크가 비행을 마쳤다.
▶ 이방인을 마중 나온 이는 없었다. 지상에 깔린 풍경이 마음을 달랜다.

법'의 수준이다. 야간 비행의 여독을 배려한 것일까? 기내의 등이 꺼진
다. 에어컨이 작동한 실내는 긴팔을 입었는데도 약간 찬 기운을 느끼게
한다.

얼마 후 비행기가 서서히 고도를 낮추는 것이 느껴졌다. 산처럼 보이
는 곳을 돌아가고 있다. 멀리 있는 도시의 불빛들과 산등선 같은 것들이
겹쳐지며 짙은 실루엣을 만든다. 산 아래 불빛을 그냥 지나치는 것을 보
니, '산티아고 데 쿠바Santiago de Cuba'가 이곳은 아니었나 보다. 얼마가지
않아 기체가 오르락내리락 하며 고도를 다시 낮추느라 용을 쓴다. 그에
맞춰 롤러코스터를 타고 내리막을 질주할 때 느꼈던 신호가 온다. 배꼽
이 간질거리고 울렁거린다. 불빛이 더욱 선명한 고도에 도착하자 앞좌석
의 승객이 일어나 머리 위 짐칸에서 무엇인가를 꺼낸다. 포장이 안 된 케

이크다. 조심스럽긴 하지만 일상적인 움직임처럼 전혀 어색하지 않은 손놀림이다. 케이크의 뚜껑은 어디 두었지? 잃어 버렸나? 사실 나중에 산티아고 데 쿠바를 돌아다니며 뚜껑 없는 케이크들을 흔하게 볼 수 있었다. 아니, '뚜껑 있는 케이크'를 본 적이 없다.

바닷가의 불빛들 사이로 배들의 모습이 보이자 기체는 지면에 바짝 붙으려는 듯 하강하기 시작한다. 산을 지나며 바퀴를 내린 후 비교적 부드럽게 공항에 내렸다. 노련한 조종사가 낡은 새를 잘 인도해온 것이다. 공항은 어둡고 활주로의 표시등 외엔 보이는 것이 없다. 무사 착륙을 알리는 방송이 나오자 여기저기서 박수가 터져 나온다. 그럼 무사 착륙이 당연한 게 아니었단 말인가? 아님, 이들은 작은 것에도 즐거워하는 기질을 가진 것일까? 공항에 도착한 시간은 오후 11시 30분. 드디어 '산티아고 데 쿠바'의 땅을 밟는다.

쿠바에서 보내는 첫날밤

아바나에서 이곳 산티아고 데 쿠바로 오기 위해 국내선 공항에서 수속을 하고 있을 때 한 여자가 접근해 왔다. 그녀는 숙소를 정했냐는 물음과 함께 자기네 집이 까사 빠띠꿀라 Casa Particular를 하고 있다고 했다. 까사 빠띠꿀라는 일종의 숙박업소로 우리식으로 말하자면 '민박집' 같은 것이다. 우리나라의 민박과 다른 점이 있다면 이들 까사 빠띠꿀라는 정부에서 엄격하게 관리한다는 것이다. 대부분의 까사 빠띠꿀라는 전문직에 종사하거나 전문직을 가졌던 이들이 운영하는 경우가 많다.

우린 딱히 숙소를 정해 놓지 않은 상태였다. 산티아고 데 쿠바는 큰 도시이니 '설마 숙소가 없을까?' 싶었던 것이었다. 그리고 쿠바의 국내선 스케줄을 한국에서 확인하지 못했기 때문에 쿠바 국제공항에 떨어지자마자 스케줄을 알아본 후 국내선 공항으로 와야 했던 것이다. 숙소를 알아볼 만한 여유가 전혀 없었다. 결국 우린 그녀의 집으로 가기로 결정했다. 그녀는 우리의 결정을 들은 후 휴대 전화기로 전화를 걸었다. 아까부터 자랑하듯 들고 다니던 노키아 전화기가 드디어 할 일이 생긴 것이다. 공중전화가 바로 옆에 있었는데…. 공항에서 택시를 타고 시내로 들어오는 데는 30~40분 정도 걸렸다. 쿠바의 음악과 오래된 자동차 냄새가 섞여 묘하면서 궁금한 자유로움을 만든다. 산티아고 데 쿠바는 쿠바에서 두 번째로 큰 도시였지만 도로의 불빛만 간간히 보일 뿐 시내는 어두웠다. 인도나 네팔의 밤 분위기와 비슷했다. 쿠바의 골목은, 아니, 산티아고 데 쿠바의 골목은 낡은 가로등이 내뿜는 어설픈 오렌지 빛과 진공 포장된 따뜻한 공기로 가득 차 있었다. 어둡고 조용한 골목을 질주하는 모터사이클의 소리가 이따금씩 들려온다. 카리브 해 섬나라의 밤은 상상했던 것보다 더 차분했다.

공항에서 만난 여자는 택시를 세운 채 한 집의 대문을 두드려 이러 저런 이야기를 나눈다. 그리곤 아무 말 없이 다른 곳을 향해 차의 시동을 걸었다. 여러 집을 거친 후에야 한 집에 짐을 풀 수 있었다. 그러는 동안

날개를 접고 잠을 청할 침대, 깊은 수면 속으로 또다시 날아가리

"아니, 이 여자는 집이 도대체 몇 개야?"라는 소리가 절로 나왔다.

숙소에 들어서니 기대감은 곧 안도감으로 바뀐다. 숙박계를 쓰고 나니 시계는 새벽 1시 30분을 가리킨다. 숙박비용은 하룻밤에 20CUC(약 2만 원). 주인 할머니는 떠나는 날 아침 11시에 체크아웃을 해달라고 했다. 여권과 비자에 적힌 여러 가지 숫자들을 꼼꼼히 옮겨 적은 할머니는 우리의 사인도 받았다. 우리가 묵게 된 3층 방은 낡았지만 깨끗한 가구들로 정갈하게 정리되어 있었다. 전문적인 숙박시설에서 맡게 되는 독특한 비린내는 나지 않았다.

"이곳이 우리의 첫 집이구나!"

"언제 떠날지 모르겠지만 그때까지 우리 정을 붙여보자."

아침의 거리를 걸으며

까사 빠띠꿀라를 나와 새로운 날의 아침 공기를 마신다. 이 시간의 공기는 참으로 신선해서 기분까지 좋아진다. 이제 막 올라오기 시작한 아침 햇살이 골목의 콘크리트로 낮게 깔린다. 출근시간의 거리엔 버스와 모터사이클, 자전거와 마차, 바퀴 셋 달린 자전거 릭샤rickshaws 그리고 베어링을 바퀴 삼아 달아 놓은 손수레까지 뒤섞여 분주한 풍경을 만든다. 바퀴 달린 모든 것들이 일제히 쏟아져 굴러가기 시작하는 시간, 70년대에 생산된 올드카들의 소리가 요란하다. 산티아고 데 쿠바의 아침 태양은 금세 떠오른다. 그러니 이렇게 활기차고 신선한 풍경은 잠시 머물고 가기 마련이다.

발 닿는 곳이 바로 목적지. 서울 촌놈의 눈엔 모든 게 새롭다. 자동차 정비를 하려는지 엔진을 통째로 들어내 길가에 내 놓은 모습. 변변한 장비는 보이지 않고 그저 웃고만 있는 아저씨, 웃음으로 자동차를 고치려는 것일까? 그도 아닐 텐데, 그의 얼굴엔 걱정이 없다. 거리를 걷다보니 깡통이나 플라스틱 음료수 병에 꽃이 심어져 있는 모습들이 자주 눈에 든다. 창가에 작은 화분들을 올려놓았을 뿐인데도 허름한 집들은 생기를 품고 있다.

에르네스토 체 게바라Ernesto Che Guevara의 얼굴도 곳곳에 그려져 있다. 산티아고 데 쿠바에 온 지 얼마 되지 않아 수염을 기르고 시가를 입에 문 얼굴이나 별 붙은 베레모만 보아도 '영원한 혁명가' 체 게바라를 떠올리게 되었다. 군복을 입은 그 누구의 모습이 이처럼 성스러워 보일 수 있을까 싶다.

이제 총소리는 멈추었다, 이제 어디로 전진해야 하나?

아침에 챙겨 나온 생수병이 어느새 바닥을 드러낸다. 정오의 태양은 높고 열기는 뜨겁다. 넓은 어깨를 벌린 나무그늘에 앉아 다리를 쉬게 한다. 그 와중에 들어 온 집의 풍경들. 서민들의 주택은 대부분 3층이나 2층이고, 그보다 더 서민의 집은 단층이다. 대개의 경우 작은 마당은 없고, 베란다마다 의자 한두 개가 꼭 놓여있다. 재미있는 것은 창살을 많이 달아 놓은 모습인데, 마당이 있는 집일수록 창살의 크기가 크다. 베란다를 경계로 감옥마냥 창살을 길게 돌려놓았다. 그런데 이것이 삭막하게 느껴지지 않는 것은 창살의 장식 때문이다. 집집마다 창살의 모양이 각양각색이고, 장식을 해 놓은 듯 그럴싸한 곳도 많다. 원색과 파스텔 톤이

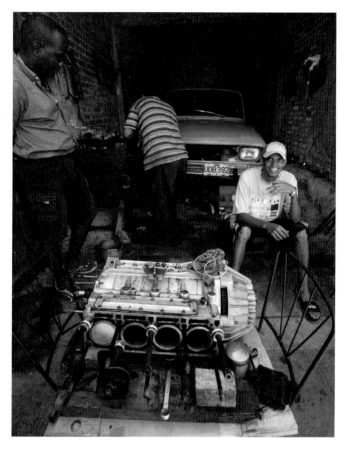

절묘하게 섞인 벽과 여러 가지 문양을 함께 붙인 타일 그리고 소박한 장식이 가미된 철망까지 합세했다. 그러고 보니 무엇 하나 크게 돈을 들인 재료도 없다. 하지만 이들의 집은 궁색하지도 남루해 보이지도 않는다.

정처 없는 나그네에겐 언제나 길동무가 붙는 법. 어디서 나타난 총각

인지 서툰 영어로 말을 척 붙이는 꺽다리. 길레르모^{Guillermo}와 함께 길을 걷게 되었다. 가다 쉬기를 반복하며, 우리와 그의 질문이 서로 오간다. 여행이란 이런 것이다. 사람을 만나는 것이다. 어떤 이가 어떤 곳으로 나를 인도할지 모른다. 결과가 좋을 수도 그렇지 않을 수도 있다. 알 수 없다. 그래서 기대도 되고 재미도 있는 것.

▲ 물론 쿠바인은 아니다. 거리를 배회하는 배 나온 현지인을 보긴 쉽지 않다.
▶ 집집마다 형편껏 솜씨를 발휘하는 미덕을 쉽게 찾아 볼 수 있다.

춤추는 아파트

산티아고 데 쿠바에서 아파트를 보는 일은 흔치 않다. 물론 높은 건물들이 있긴 하지만 그것은 스페인 식민지 시절 지어진 것들로 우리가 생각하는 아파트는 아니다. 그런 탓에 한 대로변을 걷고 있을 때 나타난 높은 아파트는 우리의 눈을 사로잡았다. 몇 동의 고층 건물이 하늘로 뻗어 올라가 있었다. 서울이라면 대수롭지 않게 지나쳤을 테지만 여기는 마천루를 보기 힘든 '산티아고 데 쿠바'였다. 길레르모의 친구들이 이곳에 살고 있었고, 우리를 그의 친구들에게 소개 시켜준다며 앞장선다. 17층 높이의 아파트에는 당연히 엘리베이터가 있었고, 그 안에는 한 아주머니가 의자에 앉아 있었다. 그녀는 타고 내리는 이들의 목적지에 맞춰 층의 버튼을 눌러 주는 사람이었다. '엘리베이터 아줌마'라고나 해야 하는 걸까? 그녀는 토끼장에 갇힌 암토끼마냥 힘이 쭉 빠진 채, 무표정하게 손가락만 까딱 거릴 뿐이었다.

노크를 하고 집에 들어서자 익숙한 리듬이 들렸다. 커다란 야외용 카세트 플레이어에서 레게reggae 음악이 흘러나오고 있었다. 아파트 주인과 그와 함께 있던 친구는 승준이와 나를 아주 반갑게 맞이했다. 그들은 우리를 전혀 의식하지 않은 채 계속 노래를 들으며 따라 불렀다. 그의 큰 노래 소리 때문에 그보다 더 큰 소리로 대화를 해야 했다.

"지금 나오는 노래가 내가 만든 곡이야."

노래를 함께 부르고 있는 친구가 그의 가수였다. 그는 노래를 부를 때

36

혁명 2세대들에겐 정치구호보다는 레게음악이 훨씬 친숙하다.

마다 손을 흔들어 댔는데, 내겐 그 모습이 거미가 다리를 뻗고 있는 것처럼 비춰졌다. 거미 청년의 노래는 매우 흥겨웠다. 반복되는 리듬 덕에 금세 따라 부를 수도 있었다. 음악도 좋았지만 그보다도 아무런 경계심도 없이 외부인을 대하는 이 친구들의 태도가 더 마음에 든다. 지나치게 친절하지도, 아주 무관심하지도 않은 행동들이 좋다.

음악에 심취해 있는 이들을 두고 베란다로 향했다. 오리엔테^{Oriente} 지방의 상징 시에라 마에스트라^{Sierra Maestra} 산맥이 산티아고 데 쿠바를 품고 길게 뻗어 있는 모습이 보였다. 도로는 잘 정비돼 있지만 막상 지나는 차들은 많지 않다. 양철 지붕을 얹은 건물들이 납작 엎드려 끝없이 붙어

17층 아파트 Planta Baja와 호텔 Melía Santiago de Cuba가 낡은 시가지를 더욱 어색한
풍경으로 만들고 말았다. 호텔 너머로 시에라 마에스트라 산맥이 누워있다.

있었다. 높은 곳에서 산티아고 데 쿠바의 변두리 풍경을 보고 있노라면 '이곳이 정말 쿠바에서 두 번째로 큰 도시인가?' 하는 생각이 든다. 가장 큰 도시로 꼽히는 아바나^{Havana}의 모습은 어떨 것인가? 더욱 궁금해진다.

모로 요새에서

길레르모에게 모로 요새^{Castillo del Morro}가 어디에 있냐고 물으니, 말이 떨어지기 무섭게 승준이와 나를 누군가에게 데려 가는 게 아닌가?

"이분은 누구시지? 아는 분이야?"

"삼촌이셔. 삼촌이 모로 요새로 가는 길을 잘 아시거든, 그래서 물어 보려고. 여기서 멀지 않다는데…."

"그래, 얼마나 걸리는데?"

"자동차로 40분 정도…."

"그럼 차를 한번 알아볼까?"

"우리 삼촌이 택시 운전을 하시는데 그곳까지 갈 수 있대."

"마침, 잘 됐네. 승준아! 거기 가볼래? 어때?"

해서 우리는 길레르모 삼촌의 차로 향했다. 그런데 가보니 택시는 아니고, 그냥 승용차였다. 하지만 문제될 것은 없었다. 낡고 작긴 했어도,

잘 굴러간다고 걱정 말라고 하는데 거절할 수 있겠는가? 이미 가격 흥정도 끝낸 상태였다. 창문이 고장 났고, 문짝을 열 때마다 삐걱거리긴 했어도 실내는 생각보다 넓었다. 시동을 걸자 우습게보지 말라는 듯 엔진 소리가 부드럽게 들려왔다. 차의 앞 유리가 상당히 많이 깨져 있었지만, 바람에 창문이 깨질 것 같지도 않고, 언제 또 이런 차에 탈까 싶어 휘파람을 불어댔다. 산티아고 데 쿠바 시내에서 남서쪽으로 약 10킬로미터쯤 떨어진 곳에 모로 요새가 있었다.

이곳은 1693년에 완공된 요새로 1997년 유네스코 세계문화유산으로 지정되기도 했다. 요새로 들어가기 입구는 하나뿐인데, 깊은 해자를 건너야 한다. 해자는 두 개의 나무다리를 통과해야만 건너갈 수 있게 되었는데, 그중 하나는 쇠사슬로 올리고 내리는 다리였다. 다리를 건너 요새로 들어가 제일 높은 곳으로 향했다.

　　요새는 산티아고 만The Bay of Santiago을 내려다보며 절벽을 따라 들어서 있었다. 요트가 이따금씩 오가고, 수상스키를 즐기는 사람들의 모습도 보였다. 절벽 끝 요새는 다섯 단계의 높이를 이루며 계단식으로 지어졌다. 망루 옆마다 길게 늘어선 포신들이 바다를 겨누고 있다. 좁은 통로들로 이어진 방마다 산티아고 데 쿠바와 해적에 관련된 역사 유적과 공예품 등을 전시해 놓았고, 그중에는 기념품과 책을 파는 상점과 작은 전시실도 있었다. 미로 마냥 연결된 작은 방들을 돌아다니는 재미가 쏠쏠했다. 관리가 잘 되고 있어서 입장료도 아깝지 않았고 멀리까지 찾아온 보람이 있었다.

　　아무것도 없는 푸른 수평선을 계속 바라보고 있노라면 어디서 생겨나는지 모를 그리움들이 자꾸만 밀려든다. 파도의 울음과 하늘의 깊이가 만나 그리움을 낳는 것일까? 카리브 해 위로 정오의 태양이 이렇게 강렬한데 그리움에 젖어드는 이유는 뭘까?

　　모로 성을 빠져 나오는 길, 가로수들의 노래 소리가 들린다. 차를 잠시 세워달라고 부탁해서 가로수 밑에 서있을 수 있었다. 바람을 타고 "사그락! 사그락!" 하는 음악이 들려 왔다. 가로수에는 바나나만한 열매가 달려 있었고, 그 안엔 작두콩 같은 알맹이들이 들어 있었다. 마른 콩

작두콩 마냥 생긴 마른 열매들이 바람을 타고 연주를 하고 있었다. 토닥토닥! 토닥토닥!

깍지 속에서 흔들리는 작은 알갱이들이 쿠바 음악인 손^{son}을 연주할 때 쓰는 악기인 마라카스^{maracas}처럼 통 안에서 구르면서 소리를 내는 것이 었다. 바람을 타고 흐르는 노래를 들으며 개나리 색 자동차가 언덕을 미 끄러져 내려간다.

▲ 의약품이 부족한 상황에선 미소라도 담뿍 있어야겠지요?
▶ 집오의 열기를 식히고도 남을 호텔 Melia Santiago de Cuba의 푸른빛이 하늘과 닿아있다.

백범과 도산을 떠올리다

쿠바를 돌아다니다 보면 길가에 독립운동을 했던 사람들의 초상화가 유난히 눈에 띈다. 물론 공산주의나 사회주의의 특징이기도 하겠지만 차이가 있다면, 정부에서 만든 것들 못지않게 일반 시민들이 만들어 놓은 것이 많다는 것이다. 자발적으로 만들어진 흉상이나 초상화는 마을 입구나 공터뿐 아니라 개인의 집 앞을 장식하기도 한다. 시보니의 마을을 둘러보던 중 승준이가 말을 꺼낸다. "형, 우린 독립운동가의 초상화를 집안에 걸어 놓거나 길에 세워 놓지 않잖아요? 김구 선생이나 안창호 선생의 초상화를 집 앞에 걸어놓는 사람 본 적 있으세요?" 우리나라에서 누군가가 집 앞을 독립군들의 초상화로 장식해 놓는다면, 이상한 사람으로 여길 것이다. 아님, 집안사람인가 할 것이다. 정치적인 집권 논리가 아니라 자발적인 행동이 나오지 않는 것은 왜일까? 두 나라의 여건과 민족성은 다르다. 그럼에도 나는 그 이유를 이렇게 생각한다. 스스로 독립을 쟁취하지 못했다는 것이 가장 큰 이유이고, 독립 후에도 매국행위자들에 대한 처벌이 없었다는 것. 그리고 국민들의 뜻이 나뉜 채로 정부가 들어섰다는 것. 나는 늘 아쉽다. "스스로 독립을 쟁취하지 못했다"는 것이 가장 아쉽다. 주권 국가의 국민들이 지닌 자긍심을 쟁취할 기회를 잃어버린 게 아닌가 생각한다. 쿠바 젊은이들이 그들보다 앞선 세대를 존중하는 마음은 우리보다 크다. 그리고 그들의 조국을 매우 자랑스럽게 생각한다. 조국에 대한 긍지가 어려움 속에서도 아직까지 쿠바를 지탱하는 힘이다.

스스로 쟁취한 독립이 자랑스러워서였을까? 길옆 마당에 그들의 혁명가들을 늘어놓았다. 소박한 솜씨가 영웅들을 더욱 친숙하게 만든다.

혁명이여, 영원하라!

혁명이란 기존의 질서를 파괴하는 것이다. 그래서 혁명과 예술은 하나로 묶여 있는 셈이다. 산티아고 데 쿠바 시내를 굽어보는 작은 언덕에 하늘을 향해 뛰어 오르는 동상이 세워져 있다. 말을 타고 하늘을 날려는 이는 누구인가? 바로 스페인과 첫 독립전쟁을 벌였던 흑백혼혈 출신의 안토니오 마세오^{Antonio Maceo} 장군으로 1845년 이곳에서 태어난 인물이다.

평지에 솟은 이 작은 언덕에 오르니, 사방이 뚫린 듯 시에라 마에스트라 산맥과 시가지가 시원스레 펼쳐진다. 동상 옆으론 대지를 뚫고 올라온 거대한 철 기둥들이 중세 기사들의 창 마냥 솟았다. 열기가 쏟아지는 정오의 언덕엔 바람 한 점 지나지 않는다. 기념물이 만들어 놓은 그늘에 숨어 앉는다. 언덕 아래 시가지에는 '베레모를 쓴 예수' 체 게바라를 그려 넣은 입간판과 피델 카스트로의 그림이 시에라 마에스트라 산맥을 응시하고 있다. 피델은 '산티아고'라고 적힌 문구와 함께 총을 든 채 소리를 치고 있다.

REBELDE AYER 과거엔 혁명
HOSPITALARIA HOY 현재엔 친절
HEROICA SIEMPRE 영웅의 도시

산티아고 데 쿠바는 약 250킬로미터에 걸쳐 뻗어있는 마에스트라 산맥이 굽어보고 있는 곳이다. 쿠바에서 두 번째로 큰 도시이며, 1515년에서 1607년까지 쿠바의 수도이기도 했었다. 과거 아프리카에서 온 흑인 노예들이 이곳에 집결되었으며, 그들은 스페인 제국주의로부터 짐승 같은 대우를 받으며 살아야 했다. 이런 이유로 산티아고 데 쿠바가 속해있는 오리엔테^{Oriente} 지방은 흑인 거주자들과 흑백 혼혈인의 비율이 가장 높게 되었다.

바티스타^{Batista} 독재가 기승을 부리던 1953년 7월 26일, 피델 카스트로가 이끄는 180여 명의 청년들이 습격한 몬카다^{Moncada} 병영 또한 산티

▶ 선전 구호가 많은 이곳에서 가장 많이 등장하는 모델은 단연 피델과 체. 아직 혁명은 끝나지 않았다.

아고 데 쿠바에 있다. 이 작전의 실패로 100명이 넘는 이들이 죽임을 당했으며 카스트로는 15년 형을 선고 받았고, 많은 이들과 함께 투옥되었다. 그는 이때 스스로를 변호하며 그 유명한 연설을 하게 되었다. 'La Historia me Absolver' a"는 전 세계에 'History Will Absolve Me"라고 소개되었다. "역사가 나를 사면하게 될 것이다"라는 그의 주장은 쿠바인들에게 본격적인 혁명의 시작을 알렸다. 그리고 게릴라전을 펼쳐 오

'꺼지지 않는 혁명의 불꽃'이 타고 있는 가운데 태양보다 뜨거운 피를 흘렸을 마세오 장군이
시가지를 굽어보고 있다.

리엔테 지방을 장악한 후 1959년 1월 1일 그가 군중들을 향해 혁명의 성
공을 알린 곳 또한 산티아고이다. 이처럼 산티아고 데 쿠바는 쿠바 혁명
역사의 시작이며 끝이다. 때문에 하나의 혁명 박물관 같은 도시 곳곳을
돌다보면 혁명 구호와 선전 문구들이 유난히 눈에 많이 띈다.

　　혁명 광장 Plaza de la Revolucion 의 마세오 장군 기념비를 내려오는 계단
아래엔 꺼지지 않는 불꽃이 타오르고 있었다. 뒤돌아 나오는 나에게 '마
세오'가 소리친다.

"혁명이란 죽은 자들을 위한 것이 아니니, 살아남은 자들이여! 다시 앞으로 나아가라!"

세스페데스 공원의 노을

산티아고 데 쿠바 중심엔 세스페데스 공원 Parque Cespedes이 있다. 이곳은 사통팔방으로 길이 난 곳이어서 길을 잃어버리면 이곳으로 돌아와 다시 시작하면 될 정도이다. 많은 관광객들이 이곳을 중심으로 동심원처럼 퍼져 나가 숙소를 정한다. 공원을 중심으로 아쑨씨온 대성당 Catedral de la Asuncion, 호텔 까사 그란다 Hotel Casa Granda, 바까디 박물관 Museo Provincil Bacardi 등 관광 명소들이 둘러싸고 있다. 그리고 이곳과 연결된 도로 칼레 에레디아를 따라 작은 박물관들과 클럽, 상점들이 이어진다.

이 공원은 외국인들보단 현지인들이 훨씬 많아서 분위기가 들떠있지도 않고, 휴식을 취하며 현지 사람들을 한꺼번에 구경하기에 적당하다. 보통 대낮에 이곳에 앉아 있으면 할 일 없는 이들의 모습이 많이 보이고, 밤에 앉아 있으면 연인들이 눈에 많이 띈다. 사람 구경만큼 재미난 것도 없다. 해는 시들어가고, 선선한 바람이 나뭇가지를 흔든다. 돌로 만든 벤치에 앉아 신발을 벗는다. 발가락을 꼼지락 거려본다. 맨발로 공원 여기저기를 돈다. 딛고 선 돌바닥이 따끈하다. 낮 동안 달구어진 바닥이 온돌

흉내를 낸다. 체스를 두는 사람, 책을 읽는 사람이 멍하게 앉은 정말 다양한 표정들을 연출한다.

　벤치에서 올려다 본 교회 아쑨씨온 대성당^{Catedral de la Asuncion}에는 조금씩 석양이 번지고 있다. 신고전주의 건축양식이 보여주는 고풍스런 아름다움이 인상적이다. 이 교회는 원래 1555년 지어졌으나 1666년에서 1670년에 개축이 되었다. 450년이 넘은 건물은 아직도 건재하고, 현재

▲ 정복자 스페인인들이 남기고 간 것은 건축물뿐만이 아니었다. 아이러니하게도 그들의 종교가
　쿠바인들을 인식처로 인도하고 있었다. 아쑨씨온 대성당에 노을이 닿는다.
▶ 너의 앞날이 지금처럼 자유롭고, 스스로 통제할 수 있기를….

까지 예배가 이루어진다고 한다. 교회 발코니에 선 남녀의 모습도 보인다. 멀리서 보아도 두 사람이 연인이라는 것은 단박에 알 수가 있다. 사랑이란 감정은 정말 신기해서 보는 이의 마음까지도 빼앗아 버린다.

해가 더 저물자 가로등엔 불이 들어오기 시작하고, 연붉은색 빛들이 공원을 따뜻하게 한다. 토요일 저녁이라 그런지 아이들과 나온 부부들의 모습이 더 많이 눈에 든다. 이리저리 뛰어다니는 아이들이 강아지 같다.

▲ 주말 오후의 세스페데스 공원. 재활용 철판을 이어 만든 자동차가 아이들을 태우고 달린다.
▶ 이곳에선 어릴 적 모습을 자주 만나게 된다. 생각만으로도 따뜻한….

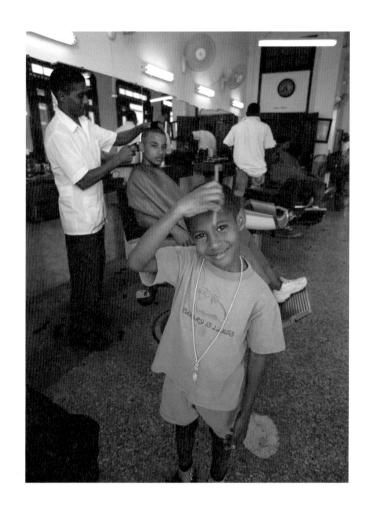

이동 놀이 시설도 등장해서 푼돈을 받은 상인은 아이들을 작은 자동차에
태워 공원을 돈다. 자동차를 잡고 뒤를 '졸졸졸' 따라 다니는 아이들은
엄마 아빠의 눈치를 살핀다. 한가하고 여유가 느껴지는 기운이 이곳에
가득하다. 산티아고 데 쿠바의 사람들의 심성도 우리와 크게 다를 게 없

어 보인다. 동네 공원에 놀러 온 이방인은 이 정겨운 분위기를 깨지 않으
려 조용히 구경이나 할 뿐이다. 매우 흡족하고 행복한 기분으로 숙소로
걸어 올수 있었다. 물론 신발은 손에 쥐고….

정아 누이의 공연

어찌 토요일 저녁을 그냥 넘길
수 있겠는가? 대낮부터 음악소
리가 들리고 젊은 늑대와 여우들
은 해가 떨어지기만을 기다리는 분위기. 노을이 번지고 해가 떨어지자
사방에서 꼬리를 흔들며 나오는 검은 여우들. 이 밤을 기다렸다는 듯이
치장을 하고 서는 새침한 얼굴로 거리를 오간다. 웃는 여자가 예쁘지 않
은 경우가 드문 것처럼, 꼬리치는 여자를 그냥 보낼 늑대는 더욱 드물다.
혹여 있다면 바보거나 정말 짐승만도 못한 놈일 터. 시내의 번화한 골목,
불빛이 새어 나오는 건물 2층 창문엔 선남선녀들의 실루엣이 흔들리고
있었다. 1층 입구엔 흰색 양복을 빼입은 검은 남자들이 맵시를 자랑하며
서있다. 봐주는 사람을 찾듯 멋있는 척을 하며….

'까사 데 트로바^{Casa de la Trova}' 라는 클럽으로 향했다. 트로바^{trova}는 쿠
바의 민요, 그러니 '민요의 집' 이라고 해야 할까? 언제나 많은 관광객들
로 붐비던 길 깔레 에레디아^{Calle Heredia}에 있는 클럽 근처에 도착하니 나
른하고 끈적이는 리듬이 흐른다. 지나가던 이들도 안을 들여다보기 위해

겉모습이 조금 다를 뿐 자유를 향한 열정은 누구나 간직하고 있다. 그것이 노래와 춤이건 시와 사진이건 간에.

크게 열린 창 안으로 고개를 돌린다. 아직 이른 시간이라 그런지 클럽 안에는 그다지 많지 않은 사람들만이 앉아 있었다. 연주를 듣고 있자니, 푸른 파도를 향해 활짝 열린 창문의 커튼이 펄럭이는 것을 보는 느낌이 든다. 그 바다엔 비가 오고 있었고, 태양은 환하게 빛나고 있었다. '손'을 연주하는 이들의 몸짓은 너무도 능숙해서 담장을 타고 넘어가는 '박 넝쿨' 같다.

클럽 트로바의 입장료는 평소의 현지 물가보다 훨씬 비쌌다. 돈은 달러나 CUC로만 지불해야 하지만 입장을 망설이는 사람은 없다. 삐걱대

까시 데 트로바의 주말 밤은 사람들의 훈기로 밤이 새도록 식지 않는다. 이 날을 위해 한 주를
살아온 듯한 몸짓들.

는 나무 계단을 따라 올라가니 2층은 이미 초만원. 설령 테이블이 남아
있었어도 앉아 있지는 않았을 것이다. 벽에 박힌 작은 전등과 테이블의
양초만이 실내를 밝히고 있다. 외국인들과 현지인들이 반 반. 베란다 또
한 럼과 맥주를 손에 든 채 춤추는 이들로 가득하다. 손 음악의 리듬으로
상기된 몸들이 여지 저기서 흔들린다. 마치 서로를 부비는 것처럼 흐느
적거리는 남녀들. 종류가 다른 인간들이 음악을 매개로 지금 여기에 모

여 있다.

거나하게 술이 오르고 분위기가 무르익자 '엘마나와 페칭' 밴드가 등장한다. 높고 길게 트럼펫이 울리자 더블베이스의 둔탁한 저음이 뒤를 따른다. 작은 기타처럼 생긴 '트레'의 연주가 시작되고 클럽의 분위기는 더욱 고조된다. 연주자들의 몸놀림 또한 예사롭지 않아서 "한때 좀 놀았어!"가 아니라 현재 진행형으로 느껴진다. 빠른 리듬의 손이 연주되자 자리를 박차고 일어나는 이들이 늘어가고, 무대 앞은 어느새 춤꾼들의 차지가 되고 만다.

리드싱어인 '엘마나'는 달콤하고 매혹적인 음성을 지닌 여인이었다. 그녀의 검은 벨벳 원피스가 물결처럼 흐르고 있다. 나는 그녀를 바라보는 내내 한 여인을 떠올리고 있었다. '정아 누이'가 저기 무대에서 노래를 하고 있었다. 춤을 무척이나 좋아하고, 열정적이어서 그녀가 리듬을 타면 주위 사람들은 모두 한순간에 사로잡히고 만다. 프리다 칼로 ^{Frida} ^{Kahlo}와 견주어도 뒤지지 않는 정열을 지니고 있는데다 매사에 긍정적이고 공개적인 여인이다. 20대의 눈부신 젊음을 간직한 채 원숙함에 이른 여자가 정아 누이다. 겉모습은 다르지만 무대 위에 서있는 여인은 분명 또 한 명의 '정아 누이'였다. 나와 아내를 포함해 몇몇이 모였었던 저녁 파티에서 자유롭게 춤을 추었던 누이의 모습이 생생하다. 춤과 음악은 사람들을 한 순간에 미치게 만든다. 기분 좋은 열매를 먹은 새처럼 자유롭게 날아다니게 한다. '엘마나'의 노래와 춤을 보고 있자니, 얼마 전 한국을 떠나 이국으로 가버린 정아 누이가 더욱 그리워진다.

음악, 쿠바의 자유의지

일반적으로 쿠바의 음악으로 불리는 것들은 손^{son}, 룸바^{rumba}, 맘보^{mambo}, 차차차^{cha cha cha} 등 다양한 형태로 접할 수 있는데, 기타^{guitar}, 트레^{tres}, 더블 베이스^{double bass}, 봉고^{bongo}, 마라카스^{maracas}, 클라베^{claves}로 구성되는 밴드가 전형적인 모습이다. 여기에 보통 두 명의 가수가 더해진다. 우리에게도 친숙한 부에나 비스타 소셜 클럽^{Buena Vista Social Club}이 연주한 것이 바로 쿠바 음악의 대표적인 리듬 '손'이다. 살사^{salsa}는 손에 재즈와 룸바를 섞어 만든 것이다.

쿠바 음악엔 원초적인 아프리카의 리듬과 스페인 음악의 서정성이 묻어난다. 쿠바 음악은 슬프고도 열정적이다. 이곳으로 유입된 흑인 노예들의 고통이 녹아있기 때문일 것이다. 여기에 스페인 정복자들의 기타 선율이 섞여 현재에 이르렀다. 정복자가 떠난 땅엔 그들 대신 혼혈인들과 그들의 악기가 남게 되었다. 흑인과 백인의 음악은 그들의 혼혈인 '뮬라토^{Mulato}'처럼 절묘하게 섞였다. 그래서 쿠바 음악은 어느 한 인종의 것이 아닌 그냥 쿠바 음악 스타일이 되었다.

많은 관광객들이 쿠바의 음악을 듣고자 하지만, 그들의 기대를 충족시키긴 쉽지 않다. 좋은 음질로 미리 맛을 본 사람일수록 그럴 것이다. 하지만 내 생각에 음악은 학습으로 완성되는 것이 아니므로 '분위기'를 느끼려고 해야 할 것 같다. 지금 이 클럽에서 연주되는 음악은 좋다. 하지만 더 좋은 것은 밤에 듣는 것이며, 그보다 더 좋은 것은 주말 밤 여러 클

쿠바인들에게 음악은 영혼의 울림이다. 또한 그들만의 것이 아닌, 누구에게나 간직된 자유이다.

럽에서 펼쳐지는 댄스파티이다. 쿠바 음악은 춤과 함께 즐겨야 제 맛이
다. 트로바의 주말 밤이 또다시 기다려진다.

나타났다 사라지는
예술가들

세스페데스 공원^{Parque Cespedes} 근처의 고풍스런 스페인 건물 중 오리엔떼^{Oriente} 건물 입구에 많은 이들이 몰려 있다. 토요일 밤의 열기로 들떠있는 사람들을 틈을 파고드니 빅밴드의 연주가 열리고 있는 게 아닌가! 무대를 바라보며 낡은 의자 10여개가 놓여 있다. 운 좋게 얼마 기다리지 않아 빈자리를 얻을 수 있었다. 가죽 등받이는 이미 다 헤졌지만 오랫동안 길들여진 듯 무척 편안한 의자. 연주가 이뤄지고 있는 무대는 아주 단순해서 여자 가수와 남자 가수 앞에 하나의 마이크가 세워져 있을 뿐 아무런 장식도 장치도 보이지 않는다. 하지만 쿠바의 전통 리듬은 마치 불에 잘 달구어진 프라이팬 위에 놓인 소시지와도 비슷해서 일단 연주가 시작되면 사람들은 어느새 몸을 '통! 통!' 튕기기 마련이다. 객석에 앉은 구경꾼도 흥에 겨워 엉덩이와 의자를 맷돌마냥 움직여 댄다. 매력적이고 넓은 음역을 가진 보컬이 매우 열성적으로 노래를 한다. '이런 가수가 왜 아직 여기에 있지?' 라는 생각이 절로 든다. 쿠바에선 이처럼 노래를 잘하는 사람을 심심찮게 만나게 된다. 다른 연주자들도 아주 노련한 솜씨로 연주에 몰입하는 모습을 보여준다.

1층 로비와 연결된 2층 계단에 오르니 밴드와 객석의 모습이 한눈에 든다. 대리석 계단에 앉아 연주를 듣자니 객석에 앉아 들었던 것과는 사뭇 다른 연주가 펼쳐진다. 1층에서 연주된 음악이 내부의 벽을 맞고 튕겨져 실내에 퍼지고 다시 중앙 계단을 타고 2층으로 올라가고 있었는데,

산티아고 데 쿠바의 주말을 그냥 보낸다는 것은 어리석은 일이다. 클럽은 물론 공원과 광장에도 숨은 예술가들이 나타난다.

그 계단에 앉아 있으니 마치 커다란 동굴 안에서 연주를 듣고 있는 듯 했다. 웅웅거리는 일벌들의 날갯짓소리처럼 신기했다. 오래된 스페인 건물과 대화라도 하고 있는 것일까? 아니면 살아있는 건물의 내장에라도 들어와 있는 것일까? 연주가 끝나자 일사불란하게 사람들이 움직인다. 다음 곡을 준비하나 했더니 무대를 정리하는 게 아닌가. 이들은 비정기적으로 이곳에 모여 연주를 하는 밴드였던 것. 난 아쉬움을 달래느라 이들의 음반을 한 장 구입했다.

모두가 떠난 허전한 무대, 천정 높은 건물 1층의 풍경은 연주가 있기 전이나 후나 아무것도 변한 게 없었다. 들고 난 흔적이 없는 공간은 우리나라의 '난장'을 떠올리게 한다. 공터에서 난장이 펼쳐지면 구름떼 같은 인파가 몰려들어 신명나게 놀다가도 판이 끝나면 언제 그랬냐는 듯 흔적조차 찾을 수 없게 된다. 따로 정해진 무대가 없고, 판을 벌리는 곳이 무대가 되는 난장. 흥겨운 판이 끝난 1층 로비는 무심하기만 하고 연주자들은 난장 단원들처럼 어디론가 흩어졌다. 흥을 가라앉히지 못한 나는 처음 들었던 노래를 끄집어내어 흥얼거리며 걷는다.

마르테 광장에서
세스페데스 공원까지

산티아고 데 쿠바에서 가장 번화한 거리는 깔레 에레디아 Calle Heredia 이다. 이 거리를 중심으로 북쪽의 블록 거리는 깔레 아귈레라 Calle Aguilera 이고 남쪽 블록은 깔레 바똘로메 마쏘 Calle Bartolome Maso 이다. 세 곳의 거리는 각기 약 1.5킬로미터 정도 되는데, 거리는 모두 길을 잃어버릴 염려가 없을 정도로 이정표가 잘 되어있다. 만약 길을 걷다가 이 세 블록에서 벗어나는 경우가 생기더라도 크게 당황할 필요는 없다. 그럴 땐 무조건 마르테 광장 Plaza de Marte 를 물어 그곳으로 가서 다시 방향을 잡으면 된다. 이 공원은 쿠바의 독립전쟁 동안 서구 제국주의자들을 처형한 곳으로 유명한 곳이다. 이곳엔 쿠바의 정신

▶ 라이터돌을 갈아주는 사람, 시계 부품을 파는 상인, 거리의 악사, 노천 미용실 등 거리를 걷다
보면 다양한 삶의 노력들을 만난다. 우리들의 옛 모습처럼….

적인 지도자 호세 마르티^{Jose Marti}의 흉상이 있으며, 공원 한가운데는 높게 솟은 탑이 있다.

앞서 말한 세 거리가 모두 이 공원에서 시작되는데 그 중 가운데 도로인 깔레 에레디아를 따라 서쪽으로 내려가며 도심을 둘러보는 것은 큰 즐거움이었다. 거리의 양쪽엔 모두 스페인 건축물들로 가득 차 있어 눈요기 거리를 하기 좋으며, 골목을 좌우로 오가며 걷기에 좋다. 이따금씩 골목 코너에 군복과 비슷하게 보이는 제복을 입은 남자들과 마주치게 되는데, 거리의 치안을 담당하는 이들이다. 관광객들이 많이 다니는 거리이므로 특히 신경을 쓰고 있는 듯하다. 이 사람들에게 길을 물어 보면 대체로 친절하게 안내해 준다. 에밀리오 바까디 모로 미술관^{Museo Emilio Bacardi Moreau}은 인상적인 아트 갤러리인데, 해외에서 온 여러 전시품들을 볼 수 있다. 쿠바의 낭만시인 호세 마리아 데 에레디아^{Jose Maria de Heredia}가 태어난 생가(Casa Jose Maria Heredia)도 이곳에서 멀지 않은데, 18세기 주택의 전형적인 모습을 하고 있다고 전한다.

길을 걷다보면 다양한 모습들을 만나게 되는데 거리에서 손톱을 손질을 해 주는 여자가 있는가 하면, 라이터 부싯돌과 기름을 넣어주는 사람도 있다. 이발소와 상점 술집을 구경하고 나면, 나무와 벤치가 많은 돌로레스 광장^{Plaza de Dolores}에 닿게 된다. 광장에 가면 거리에서 연주를 하는 이들도 보이는데, 이들은 야외 테이블의 손님들과 합석을 하기도 하고 노래를 불러주고 돈을 받기도 한다. 공원의 그늘에 앉아 있으면, 바람도 시원하게 불어와 다리를 쉬기에도 적당하다.

공원을 중심으로 관광객들을 상대로 하는 식당과 카페가 있다. 메뉴는

번화가의 시작점인 마르테 광장

◀ (위) 한 끼 식사를 성찬으로 만들어준 요리사들. 웃음처럼 맛있었다.
  (아래) 공원에서, 거리의 모퉁이에서, 허름한 식당에서, 빛바랜 상점에서 흘러나오는 쿠바의
  노래. 자신에게 들려주는 이야기.
▲ 쿠바는 현재 음성적으로 시장 경쟁이 이루어지고 있다. 럼과 시가가 대표적인 예이지만, 숙
  박업과 요식업도 그러하다. 정부의 허가 없이 운영되다 보니 간판은 내걸지 않는다. 알음알
  음으로 운영되지만 수입은 꽤 좋은 듯했다. 그 얘긴 일반적인 가격보단 비싸다는 것을 의미
  한다. 보통 숙박과 식당을 함께 운영하며, 여러 물건들을 권하는 경우가 많다. 그러니 미리
  가격을 흥정하는 것이 좋고, 호객행위를 거절할 경우엔 단호하게 하는 편이 좋다. 비공식적
  인 흥정을 하게 될 경우 시간을 오래 끌수록 유리하다.

튀긴 바나나와 튀긴 생선. 쿠바의 음식은 색다른 것이 별로 없는 편이다. 주로 튀겨 나온다는
것이 특이하고, 야채와 채소에 기름과 식초를 듬뿍 뿌려 내오는 경우가 종종 있다.

대부분 유럽 사람들의 입맛에 맞는 것들. 보통 라이브 연주를 하는 고급
식당에선 수준 높은 손 음악과 재즈를 들을 수 있는데, 비틀즈의 곡처럼
우리가 익히 들었었던 팝들도 연주한다.

　돌로레스 광장원에서 깔레 바돌로메 마소를 따라 걷는 것도 좋다. 블
록 사이도 멀지 않기 때문에 다른 블록들과 나란히 걷게 된다. 이 길은
주택가인데, 발코니를 장식한 문양들과 낡은 대문, 파스텔컬러나 원색의
벽, 철로 장식된 문과 창문들 등 발길을 붙잡는 요소들을 볼 수 있다. 자

전거와 모터사이클이 골목에서 불쑥 튀어 나오기도 하지만, 위험할 정도는 아니다. 자동차에 관심이 있는 사람이라면 길옆에 세워진 올드 카들 또한 좋은 관심의 대상이 될듯하다. 이렇게 걷다보면 중심을 잇는 세 블록의 길이 모두 다시 만나는 세스페데스 공원에 닿게 된다. 이 공원을 중심으로 고풍스런 모습의 누에스트라 세뇨라 드 라 아쑨씨온 대성당 Catedral de Nuestra Senora de la Asuncion과 창문 장식이 예쁜 흰 호텔 까사 그란다가 있다. 석양이 질 무렵엔 이 두 곳 모두 붉게 물든 모습이 너무도 아름답다. 공원은 네모난 모양이고, 넓게 빈 공간들이 있어서 낮에는 아이들이, 밤에는 연인들이 많이 찾는다. 공원에서 약 100미터 정도 떨어진 곳에 까사 드 로스 에스투디안테 Casa de los Estudiantes가 있는데, 이곳은 쿠바의 전통 리듬과 재즈를 결합한 아프로쿠반 Afro-Cuban 음악을 연주하는 곳으로 토요일 저녁 시간을 내어 간다면 흥겨운 시간을 보낼 수 있다. 그리고 까사 데 뜨라디씨온 Casa de las Tradiciones도 라이브 연주되는 전통음악과 함께 춤을 즐길 수 있는 곳이다.

밤길을 걷다

숙소로 돌아가는 길, 어느새 해가 떨어져 거리엔 어둠이 깔렸다. 숙소까지의 거리는 걸어서 약 1시간가량 소요되는 길. 달이 고개를 내밀었다. 밤하늘을 가르는 전

계획하지 않았던 밤길 산책. 밤 시간을 피해 다닌다면, 여정의 40퍼센트 정도를 포기해야 할 것이다.

기 줄들의 실루엣이 밤하늘을 푸른 오선지로 만들어 놓았다. 악보에 걸린 대추 야자나무의 모습과 붉은 신호등의 모습이 정겹다. 한밤중도 아닌데 벌써 낮은 양철 지붕을 덮고 누웠는지, 오가는 이들이 드물다. 도심에서 벗어난 외곽의 골목엔 가로등이 드물다. 어둠이 깊어질수록 더 깊어지는 골목의 그늘엔 쭈그려 앉은 남자들의 흰 눈동자만 이따금씩 반짝인다. 앙리 루소Henri Rousseau의 〈꿈 The Dream〉에 등장하는 사자의 눈처럼 구석에 박혀 나를 지켜본다.

어린 시절 가끔 오늘 같은 풍경이 연출되곤 했었다. 정전이 되면 아이들은 환호를 지르며 동네를 돌아다니곤 했었다. 어른들의 불편함은 관심 밖이었다. 친구들을 불러내 골목을 돌아다니며 시간을 보냈던 추억이 생각난다. 그때도 지금처럼 어둠속에 앉은 누군가는 나와 눈이 마주 치곤 했었다. 쿠바는 전력 사정이 좋지 못하다. 그래서 수시로 정전이 되고, 집집마다 테이블 근처에 양초를 준비해 둔다. 어린 시절의 추억을 떠올리며 걷는 길도 나쁘진 않다. 어둠은 시원한 느낌을 주기 때문에 속보로 걷기에도 적당하다.

쿠바에 오기 전 나는 이런 말을 들은 적이 있다. "쿠바는 상당히 위험하다는데 괜찮겠어요?" 나는 그가 말한 위험한 쿠바에 도착했고, 더구나 지금은 밤길을 걷고 있다. 하지만 나는 쿠바 사람들이 친절하고 호의적이라는 것도 안다. 오늘 밤이 쿠바에서의 첫날밤이라면 모르겠으나, 그 동안의 경험으로 비추어 볼 때 낮에 만났던 이들이 모두 밤마다 돌변하지 않는 이상 해가 있으나 없으나 별 차이는 없다. 이곳 상황보다는 우리나라에서 자동차가 주는 잠재된 위협이 더 클 것이고, 밤거리의 범죄도 더 많을 것이다. 더위를 식히기 위해 문 앞에 나와 앉아 이야기를 주고받는 사람들의 모습이 정겹다. 창으로 새어나오는 TV 불빛과 졸고 있는 할머니의 모습 또한 그렇다. 쿠바 사람들은 잘 흥분하지 않는다. 권투, 배구, 야구 경기를 볼 때도 우리만큼 흥분하지 않는다. 같은 색깔의 옷을 입고 몇 만 명이 한곳에 모일 만큼 다혈질도 아니다. 더구나 통제된 국가

전력사정이 넉넉지 않은 산티아고 데 쿠바의 밤,
하지만 태양의 잔향을 즐기기엔 더 없이 충분한 시간.

일수록 일반인들의 범죄율은 낮다. 아마도 내가 쿠바의 밤거리를 걷는 것보다 쿠바 사람이 우리나라의 밤거리를 걷는 것이 더 위험할 것이다.

컵으로 하는 샤워

시내 구경을 하고 돌아오면 언제나 몸은 땀으로 가득하다. 아침에 나가 저녁까지 돌아다니니 당연한 일. 자동차를 타는 것보단 걷는 시간이 훨씬 많다 보니 더욱 그렇다. 오래된 자동차와 모터사이클에서 뿜어내는 매연 또한 몸에 배기 마련인데, 도심은 인도나 베트남 정도는 안 되지만 매연이 많은 편. 숙소에 들어오기 마자 하는 일은 당연히 옷을 벗어 던지는 것이다.

욕실은 대략 한 평도 되지 않는 넓이지만, 욕조를 제외한 모든 것이 갖추어져 있다. 거울, 변기, 타일, 비누 받침 등 거의 모든 것들이 20년은 넘어 보인다. 지금은 구할래야 구할 수도 없는 것들로 가득하다. 마치 앤티크 용품으로 일부러 꾸며놓은 욕실 같다. 분명 오래된 물건들이 주는 편안함이 있는 것은 사실이다. 샤워기를 틀어 몸을 축인다. 달구어진 몸에 차가운 물이 닿는 순간 "아아아아!" 이 행복한 비명. 말문이 막힐 만큼 시원하다. 머리부터 발끝까지 비누칠을 하고 본격적으로 샤워를 하려고 물을 다시 틀었건만 나오지 않는다. "어! 왜 이러지?" 눈은 따갑고, 몸에 칠한 비누거품은 점점 말라가고, 설상가상으로 정전까지! 이젠 앞

태양열로 데워진 물, 졸졸졸 떨어지는 가는 물줄기, 이윽고 단수, 마음 한 장 넘기니, 불편이 재미로 바뀐다. 하지만 이런 재미는 자주 경험하고 싶지 않다.

도 보이지 않고….

주인아저씨에게 말을 했으나 시간이 걸릴듯하다는 대답만 돌아온다. 영 신통치 않기는 하지만 그나마 찔찔 나오는 물을 세면대에 받기 시작한다. 그리고 양치질 하는 컵으로 물을 끼얹기 시작했다. 속으론 웃음밖에 나오지 않는다. '이거 언제적 코미디….' 비누거품이 말라버린 온몸을 컵으로 씻어내려니 개운치는 않지만 '재미난 추억 하나 더 생겼다' 싶다. 요즘 세상 어디에서 컵으로 샤워를 하겠는가? 쿠바의 집은 대부분 우리처럼 옥상에 물탱크를 만들어 쓴다. 하지만 물 사정이 그리 좋은 편이 아니어서 수압이 약하다. 배관이 오래돼서 탁한 물이 나오기도 한다. 온수 보일러를 갖춘 집은 속칭 '좀 사는 집'이고, 어떤 집은 샤워 꼭지 부근에 전기 가열 장치를 달아 쓰기도 한다. 태양열로 달구어 놓은 더운 물이 나온다 하더라도 양은 넉넉지 않은 편이다. 그런데 컵으로 하는 샤워는 혼자만의 경험으로 끝나지 않았다. 뒤이어 들어간 승준이도 추억을 이어 받아야 했다. 두 사람이 샤워를 끝내고 한참 후에야 물탱크의 배관이 뚫려 물줄기가 시원스레 쏟아 졌다. 컵이 '샤워 도구' 라는 새로운 사실을 아시려나?

모토리노 빌리기

오늘은 어디로 갈까? 차를 빌릴까? 걸어갈까? 고심 끝에 모토리노(스쿠터)를 빌리기로 결정했다. 산티아고 데 쿠바가 작은 도시는 아닌데, 모토리노를 빌려주는 곳은 많지 않다. 그중 호텔 멜리아 산티아고 데 쿠바와 붙어 있는 가게를 향했다. 사무실 앞에는 여러 대의 스쿠터가 서있다. 폼을 잡으려면야 잘 빠지고 힘 좋은 모터사이클이 좋겠지만 쿠바엔 없다. 그리고 모터사이클 사고가 잦아 외국인들에겐 대여하지 않는다. 망할 광란객들 같으니….

오동통한 아주머니가 눈인사로 우리를 맞이한다. 까무잡잡한 피부와 동그란 볼이 귀여운 분인데. 팔을 접으면 아기처럼 살이 툭 불거진다. 그리고 친절하다. 딱 만화영화에 나오는 캐릭터. 하루를 빌리면 18$, 이틀은 15$, 삼일은 13$이다. 한 달을 빌리면 50% 할인, 하루에 9$까지 떨

노력한다 해도 나는 빙산의 한 조각을 만질 수 있을 뿐이다. 삶을 느끼려면 스치지 말고 살아야
한다. 나그네의 주머니엔 안타까움만 쌓인다.

어진다. 가격은 정찰제다. 기생오래비가 와도 에누리는 없다. 이 가격은 최고급 모토리노의 가격이다. 그런데 이곳에 있는 것들은 모두 최고급이란다. "나, 참!" 한국에서 준비해 간 '국제 운전 면허증'과 여권 그리고 비자를 제시하니 꼼꼼히 옮겨 적는다.

휘발유가 아주 조금 들어 있기 때문에 빌리자마자 주유소부터 가야했다. 그러나 가는 곳마다 주유가 안 된다고 한다. 주유 시간이 정해져 있다나…. 간신히 찾아 들어간 주유소엔 차들이 북새통이다. 기름이 귀하긴 귀한가 보다. 모토리노는 'GASOLINA MOTOR'라고 적힌 주유기가 있는 곳에서만 주유를 해준다. 이 주유기가 없는 주유소에 가면 허사니 주의해야 한다. 주유소마다 주유시간이 다르니 영업을 하는 곳을 발견하면 그때그때 채워 넣는 것이 상책이다.

모토리노 다이어리

여행의 묘미는 일탈에 있다. 정해진 삶을 벗어나 한동안의 외도를 인정받는 기간이다. 간혹 그러다가 아예 여행가로 나서기도 하지만 말이다. 이 얘긴 그만큼 매력이 있다는 것 아닌가? 정해진 길을 가는 것은 안전하고 편하다. 그리고 결과도 예상된다. 하지만 재미가 없다. 여정 중엔 우연과 호기심이 주는 긴장감을 만끽하고 즐기는 것이 최고다.

참 좋은 표정들! 벌어드린 밥을 싣고 달리는 귀로가 풍요롭다.

쿠바에 온지도 며칠이 지났지만 바다를 본적이 없으니, 오늘은 시내를 벗어나 보기로 했다. 전날 빌려 놓은 모토리노에 시동을 걸고 나니 달리고 싶은 충동이 일어난다. 쿠바의 시골 풍경을 빨리 보고 싶다. 국도를 따라 액셀을 당긴다. 왕복 4차선 아스팔트 도로가 잘 깔린 길. 도심을 벗어나니 시 경계를 알리는 검문소가 나타난다. 도로에는 자동차와 모터사이클의 속도가 정해져 있다. 동쪽을 향해 난 도로는 시에라 마에스트라 산맥 옆을 따라 흐른다. 도로 변에 늘어선 입간판들에는 'INDEPENDIENTE(독립)'라고 쓰인 글씨가 선명하다.

오가는 버스는 아주 드물고, 낡은 트럭과 마차들이 길을 달린다. 언덕

산티아고 데 쿠바 81

배기를 차고 올라가는 짐수레의 말이 연신 방귀를 뀌어댄다. 가득 실은 짐뿐 아니라 서너 명이 함께 타고 있으니 힘에 부칠 만도 하다. 방귀소리에 웃음을 터뜨리고 있는 차에 손을 흔들며 다가오는 사람들. 트랙터에는 10명이 타고 있었는데 마치 버스를 연상케 한다. 내가 보기에 쿠바는 운송수단에 대한 규제가 상당히 너그러워 보인다. 말과 마차뿐 아니라 바퀴를 달아 움직일 수 있는 모든 것들이 자동차와 함께 달린다. 자가용과 트럭을 변형해 사용하는 경우도 매우 흔하다.

시에라 마에스트라 산맥의 위용을 보며 달리는 이 길의 경치는 풍요롭지 못하다. 산맥에서 뻗어 나온 작은 산들엔 나무가 거의 없어, 듬성듬성 자라는 풀들만이 보일 뿐이다. 이런 모습이 계속 이어진다. 헐벗은 산을 향해 한숨 섞인 연기만 나온다. 척박한 초지에서 풀을 뜯고 있는 말의 모습도 측은하긴 마찬가지. 갈비뼈가 들어난 말의 앙상한 모습이 민둥산을 쏙 빼닮았다. '투드득!' 질긴 풀을 뜯어 혀로 말아 올리는 소리가 애처롭다. 하루 종일 먹어도 배를 채울 수는 없을 것이다. 평지에 있는 밭에는 불을 낸 흔적들이 보인다. 화전을 일구는 땅처럼 검은 재가 바람에 날린다. 슬레이트와 벽돌로 어설프게 지어진 농가에 들어서니, 이불 빨래가 바람에 춤을 추고 있다. 인기척을 느꼈는지 아주머니가 나와 손을 흔든다. 그녀의 모습이 마당의 빨래 마냥 수줍게 흔들린다. '쿠바 사람들은 참 따뜻한 사람들인가 보다.'

길에서 볼 수 있는 가장 많은 도로 표지판은 전쟁 기념물들과 전적지들을 표시하는 것들이다. 대부분 콘크리트로 만든 석판이 많은데, 군인들의 이름이나 그들의 모습이 그려져 있는 정도. 시에라 마에스트라 산

◀ 화전을 하는 농가가 많아 그을린 밭이 많고, 소출이 적은 탓에 짐승까지 챙길 여력은 없어 보인다. 높은 하늘 아래 누운 민둥산, 거기에 기대어진 목숨들.

맥이 버티고 있는 산티아고 데 쿠바 지역은 피델 카스트로를 비롯한 게
릴라들이 독립전쟁을 치열하게 벌였던 곳이다. 이 길의 풍경은 척박한
농촌의 현실을 그대로 보여준다. 바람을 가르며 달려 보리라 떠났던 마
음이 철부지의 치기로 느껴지기도 한다. 저기 앞에 한 무리의 가족들이
걸어온다. 양손엔 짐을 들고 뜨거운 태양의 열기를 견뎌 내며 걸어온다.
저이들과 마주치는 상황이 즐겁지 않다.

▲ 이렇다 할 교통수단이 없는 이들은 걸어야 한다. 멀건 가깝건 상관없이. 하지만 먹을거리가
손에 들렸다면 그나마 위안으로 느껴진다. 꼬마야! 나는 인빙을 쉬어 주고 싶구나.

"family?"

시내에서 남동쪽으로 19킬로미터쯤 떨어진 바닷가 마을 시보니^{Siboney}. 이곳 해안 주변엔 마땅한 식당이 없다. 우린 해안을 벗어나 음식점을 찾아보았지만 헛수고였다. 고작 길에서 만난 빵 장수가 다였다. 마차에 빵을 실고 다니며 파는데 빵 장수가 쿠바 페소 밖에 없는 탓에 1달러를 주고도 엄청 많은 양을 살 수 있었다. 길가에 앉아 목이 메여가며 빵을 먹으려니 신세가 처량하게 느껴지는 것이 무슨 극기 훈련이라도 하러 온 것 같은 생각이 들어 번화한 해수욕장으로 다시 나가기로 했다.

외국인 관광객들이 드물기 때문에 시보니에는 편의시설이 매우 부족하다. 이러다보니 대개의 경우 현지인의 집에서 밥을 먹게 된다. 물론 불법 영업. 우리를 발견한 현지인들이 잔뜩 몰려들었지만 그 중 가장 힘 좋게 생긴 이가 우리에게 다가오자 다들 한발 물러난다. 주위가 조용해지는 것을 보니 이이가 우리를 차지했나 보다. 우리 또한 배가 고픈 상황이라 그를 따라 나섰다. 새우튀김과 닭튀김 요리에 콜라나 맥주가 딸려 나왔다. 반찬은 바나나 튀김과 기름 뿌려진 오이와 토마토. 모든 요리는 짭짤하고 기름지다. '튀김, 레몬과 소금' 이것이 쿠바 음식의 기본 조리 방법인 듯 여기서도 마찬가지다. 날아갈듯 한 밥에는 주걱이 꽂혀 나왔다. 마치 어느 무당이 꼽아 놓은 수저처럼 직각으로 서 있었다.

자신의 집이라고 해서 따라 왔는데, 눈치를 보니 아닌 것 같다. 그는 'family' 라고 하는데, 그도 아닌 것 같고…. 도대체 'family' 의 범위가

어디까지인지 알 수 없는 노릇. 쿠바를 여행하다 보면 이런 경우가 비일
비재하다. "우리 형이, 우리 집이, 우리 삼촌이…." 이런 말을 하며 호객
행위를 한다. 하지만 십중팔구는 가족이 아니라 그냥 아는 사이다. 그도
아니면 필요에 따라 일시적으로 'family'를 찾아 나서기도 한다. 그러니
쿠바에서 'family'는 굉장히 넓은 범위의 뜻을 지니게 된다. 그리고 언
제나 'family'로부터 소개료를 받는다. 물론 그 돈은 이방인의 계산서에
포함되기 마련. 하지만 인도나 네팔처럼 터무니없이 바가지를 씌우는 경
우는 매우 드물고, 외국인들을 잘 다룰 줄 아는 이들이 보통 2~3배 정도
의 가격을 요구하는 경우가 있다.

어부의 집

시보니의 번화가인 해수욕장 주
변과 시내를 벗어난 후 해안선을
따라 드물게 들어선 주택가마저
지나고 나니 얼마 가지 않아 길이 끊기고 만다. 시보니는 생각보다 작은
어촌 마을이었다. 길 끝에 서서 바다를 바라보다 모토리노를 돌려 나가
려는 순간, 허름한 주택 몇 채가 눈에 든다. 호기심을 못 참고 어느새 그
곳을 향해 들어서고 있었다. 뒷걸음을 치며 힘없는 소리로 개가 짖어댈
뿐 동네는 스산하다. 불규칙한 돌을 쌓아 만든 벽에 양철 지붕을 얹은 작
은 집은 정말 엉성하기 짝이 없어 보인다. 빨랫줄이 늘어져 있는 것을 보

집이란? 사람이나 동물이 추위, 더위, 비바람 따위를 막고 그 속에 들어 살기 위하여 지은 건물.
여기 어부의 집이 있다. 그리고 여러 꿈들이 피어 있다.

니 사람이 살고 있는 것은 분명한데⋯. 개 짖는 소리를 들었는지 집안에
서 남자 한 명이 나왔다. 웃통을 벗은 채 나온 그의 표정은 약간의 경계
심과 호기심을 안고 있었다. 나 또한 마찬가지여서 누가 먼저 웃느냐가
관건이었다. 내가 먼저 총을 내려놓았다. 몸에 들어가 있는 힘을 풀고 환
하게 웃으며 손을 내밀었다. 그러자 그도 웃으며 악수를 받아 준다. 하나
둘 집안에서 사람들이 나오기 시작하고, 옆집 사람들도 어느새 몰려들었
다. 동네 사내들은 모두들 몸이 좋다.

　집 주인을 따라 들어선 집안. 실내는 성인의 키보다 조금 높고 어둡다.

흙바닥에 보잘 것 없는 의자가 놓여 있을 뿐이다. 침실로 보이는 곳엔 허름한 침대가 놓여 있다. 내게 뭐라 말을 건네는데, 도통 알아들을 수가 없고, 그 또한 마찬가지. 나는 한국말로 말했다. "저기 물 한 잔 주시겠어요? 목이 말라서요." 이들과 나를 공통적으로 묶어줄 수 있는 언어는 없었다. 서로의 언어를 모르니 어떤 종류의 언어든 다 마찬가지. 이런 경우 약간의 '보디랭귀지'만으로도 의사소통은 가능하다. 물을 따라 내오는 어부의 아내는 매우 친절했다. 그렇지만 그녀의 손과 컵, 물은 깨끗하지 못하다. 하지만 이들도 먹는 것이고, 이렇게 공손하게 대접하는데 거절할 이유는 없었다. 시원하게 물을 한 잔 들이켜고, 한 잔을 더 얻어 마셨다. 천사를 만나본 일은 없지만, 내 앞에서 웃고 있는 아이들의 미소가 바로 천사의 것처럼 느껴진다. 이방인을 신기하게 바라보는 천사들에게 가방 속에 든 빵을 꺼내 건넸다. 천사는 어른들의 눈을 바라보았고, 눈을 통해 허락을 받은 후에야 빵을 손에 쥐었다. 역시 어린 아이에게 부모란 신과 같은 존재인가 보다. 그러니 천사들에게 허락을 내릴 수 있는 게 아닌가!

　힘 좋게 생긴 남자는 자신의 직업이 어부라고 했다. 배를 타보지 않겠냐고 호의를 베풀기도 한다. 그리고 방 안 어디에서 술을 한 병 꺼내와 잔을 건넨다. 우린 건배를 했고, 서로에게 한 잔씩 따라주었다. 태양이 시들지 않은 시간이라 그런지 술기운이 빠르게 퍼지기 시작했다. 여전히 문에 기대 서있는 아이들, 문으로 쏟아져 들어오는 빛보다 더 밝은 빛을 뿜어내는 천사들의 수줍음을 카메라에 담는다. '감사하오! 과연 내가 당신처럼 이방인에게 호의를 베풀 수 있겠소?' 나는 먹다만 술을 사들고 집을 나선다.

유리 없는 창문엔 성긴 나무 막대들이 끼워져 있다. 이방인을 향한 호기심들이 창문 밖에서 들려온다. 어부의 집안을 들여다보고 있는 사내아이들, 녀석들을 만나러 나가니 닭장 같아 보이는 곳 안에 아이들이 있었다. 가까이 가보니, 세상에! 닭장에 닭은 없고, 비둘기로 가득한 게 아닌가? 닭이 아니라 비둘기를 사육하고 있었던 것이다. 바다에 나가 물고기를 잡는 것은 아버지의 몫이었지만, 뭍에 남아 짐승 농사를 짓는 일은 아이들의 몫이었던 것이다.

큰 새장의 문을 열고 들어서자 비둘기들이 사방에서 날아들어 정신을 쏙 빼 놓는다. 아이들은 자신들이 키운 비둘기를 잡아 자랑하려 애쓴다. 그 바람에 새장 안이 더욱 소란해졌다. 사방에서 흩어지는 깃털과 비둘기들의 비명이 있은 후, 소년의 손안에 비둘기들이 들려있었다. 흐뭇해하는 표정의 아이들이 내민 것은 새가 아니라 그냥 '먹을거리'였다. 평화의 상징이니 뭐니 하는 그런 의미는 없어 보였다. 비둘기가 죽어 이들 가족의 배를 불려주고 있으니, 이 또한 비둘기가 제공한 평화이다. 적어도 서울의 '닭둘기'들보다는 의미 있는 희생을 하고 있었다. 이곳에서 닭과 비둘기의 구분은 무의미하게 느껴진다. 먹어서 배부르고 평화로우면 되는 것이었다. 그러니 어부 가족들에게도 비둘기는 '평화의 상징'이었다. 하긴 이미 여러 나라에서 'pigeon meat'라는 이름으로 비둘기 요리를 즐기고 있지 않은가?

비둘기는 이들의 양식이다. 또한 평화를 유지시켜 준다.

피델 때문에 피곤해

산티아고 데 쿠바에서 머무는 기
간이 예상보다 길어졌다. 쿠바를
찾는 이들은 대부분 아바나에 묵
으며 주변을 둘러보지만, 아마 그들도 이곳에 들르게 된다면 쉽게 빠져
나가지 못할 것이다. 산티아고 데 쿠바는 아바나 보다 작은 도시긴 하지
만 볼거리와 즐길 거리가 많다. 숙박료 또한 같은 조건을 놓고 비교해 봐
도 아바나보단 저렴한 편이다. 무엇보다 이곳은 아직까지 시골 소도시의

세 개의 파란 줄은 독립운동 당시의 세 군관구(軍管區)를, 하얀은 독립운동의 순수함을, 삼각형은 자유 · 평등 · 박애(博愛)를, 빨강은 독립을 위해 흘린 피를, 별은 독립을 상징한다. 악한 마음을 새겨 넣은 국기는 존재치 않는다.

정서를 잃지 않고 있다. 풍경도 사람들도…. 별다른 불편이 없어서 시내와 가까운 민박집 한 곳에서 계속 지내다 보니 주인 할머니와의 친근감도 쌓여 간다.

　보통 까사 빠띠꿀라에 묵게 되면 첫날 숙박계를 작성하게 되는데, 여권과 비자 번호, 체류 일정을 상세히 기록하게 된다. 주인은 숙박비의 약 50% 정도를 나라의 세금으로 내야한다고 한다. 하루는 산티아고 데 쿠바에서의 일정이 길어져 숙박을 연장하게 되었는데, 할머니가 숙박계를 쓰면서 낮은 목소리로 "피델 때문에 피곤해…" 하는 게 아닌가? 우리가 살짝 놀라는 표정을 짓자 할머니는 얼른 입을 막으며 웃으신다. 세금도 많이 내야하고, 숙박시설 점검도 정기적으로 받아야 하고, 숙박계를 적는 일을 게을리 하면 안 되고…. 할머니는 쿠바의 정치상황뿐 아니라 경제 또한 마음에 들지 않는 눈치다. 과거 피델 카스트로를 비롯한 게릴라들이 앞장서서 독립을 쟁취했지만, 이제는 그의 정책 때문에 국민들이 피곤하다는 것이었다. 민박집 할머니의 푸념에는 많은 불편을 참으며 살아야 하는 서민들의 속내가 섞여 있었다. 치열한 투쟁으로 얻어낸 혁명의 성공만큼이나 혁명 이후 쿠바인들의 생활 역시 투쟁의 연속이 아닌가 싶다. 더구나 할머니는 혁명 1세대에 속하는 사람 아닌가? 이들 또한 입을 얼른 가려야 하는 현실을 살고 있는 것이다.

산티아고의 마지막 아침

산티아고 데 쿠바를 떠나는 날이다. 평소보다 조금 이른 새벽에 침대에 쓰러져 있던 몸을 일으켰다. 무거운 눈꺼풀. 이곳에 온 후로 늦잠을 잔 적은 없었다. 또한 매일 많은 거리를 걸었으며, 늦은 밤에야 숙소로 들어왔었다. 이 도시는 피곤한 줄 모를 만큼 매력 있었고, 언제나 새로웠다. 아침을 알리는 첫 신호는 닭의 울음소리였고, 그 다음은 창으로 새어 들어오는 햇살이었다. 긴 나무판자 조각을 가로로 겹쳐 만든 접이식 창을 파고 들어오는 붉은 햇살이 눈에 닿으면 기분이 얼마나 좋은지! 눈을 감고 있어도 붉고 따뜻한 기운이 느껴질 정도로 햇살은 강했다. 그리곤 어느새 태양은 빠르게 허공을 가로질러 올랐다. 5시 30분, 오늘은 앞집 옥상의 닭들보다 먼저 일어나 일출을 기다린다. 베란다에 나가 푸른 어둠이 깔린 도시의 신선한 아침 공기를 깊이 마신다.

떠날 때는 왜 아쉬워지는 것일까? 나를 떠난 보낸 사람들도 아쉬웠을까?

6시 30분, 붉은 잉크가 습자지에 번져 나가듯이 붉은 기운이 도시에 퍼지기 시작한다. 쿠바의 태양이 시에라 마에스트라 산맥을 넘어오기 시작한다. 푸른 기운은 어느새 자취를 감추었고, 그 자리를 붉은 공기가 채운다. 도심 여기저기에 넓은 팔을 벌린 케이폭나무와 대추야자의 실루엣이 점차 밝아지자 닭이 울기 시작했다. 신비로운 드라마는 매일 새벽 계속되었건만 오늘에서야 이렇게 만나다니….

짐을 챙겨 2층으로 내려가 주인 할머니께 작별 인사를 고한다. 나도 모르게 눈물이 글썽인다. 이곳에 머무는 동안 주인 할머니를 'mom^{엄마}!' 이라고 부르며 지냈다. 그래서인지 어느새 정이 쌓인 모양이다. 아무나 'mom'이 될 수는 없었을 테니까. 다 큰 놈의 눈과 마주친 나의 'mom'은 살며시 고개를 돌렸다. 이럴 땐 분위기 반전을 해야 한다. 기념 촬영을 하자고 말하자 남편의 손을 끌어 함께 선 후에야 카메라 앞에 선다. 잠옷 차림으로 사진을 찍는다. '손가락빗'으로 머리를 손질하며 수줍은 얼굴을 보인다.

초인종 소리가 들리고, 1층 문밖에서 인기척이 들린다. 길레르모와 그의 삼촌 그리고 돌아올 때 운전할 교대 운전자가 문 앞에 도착해 있었

혁명군의 본거지, 시에라 마에스트라 산맥을 타고 아침이 흐른다. 어제처럼 하지만, 어제와는
다른, 500년 동안 자유의 아침을 기다렸고 마침내 쟁취해낸 사람들이 사는 땅.

다. 돈을 벌려는 기대감에 약속시간보다 빨리 도착해 시간을 죽이고 있었던 것이었다. 문까지 내려와 동행자들을 확인한 후 'Santiago mom'이 우리에게 조용히 말한다. "Careful!" 손에 든 카메라도 목에 걸란다. 멀어져 가는 정든 집을 사이드 미러를 통해 떠나보낸다.

▲ 독립 후에도 넉넉하지 않은 삶은 이어지고 있었다. 그리고 희망도 이어지고 있었다.

운행에 앞서 기름을 가득 채우기 위해 주유소에 들른다. 시내를 빠져나가면 기름을 넣기란 보통 어려운 것이 아니다. 장거리이니만큼 여분의 통까지 준비해 가득 채워 놓아야 한다. 기름을 넣는 사이 도로 건너편 버스 터미널을 피사체로 삼아 촬영을 했다.

대형 트럭을 개조해 만든 시외버스 뒤에는 자전거와 여타의 짐을 묶도록 되어 있는 등 더 많은 이들을 태우려고 애를 썼다. 운전석과 옆문에는 행선지가 지도 그림으로 표시되어 있어서 누구나 쉽게 자신의 버스를 찾을 수 있게 해 놓았다. 외곽에서 버스가 도착하자 차장으로 보이는 남자가 뒷문을 열고로 승객들을 내려준다.

한창 촬영에 몰두 하고 있는 사이, 내 곁에는 누군가가 와 있었다. 그리고 내게 여권과 비자를 달라는 요구를 하는 게 아닌가? 이 또 무슨 일이 벌어지려 하는가? 이런 광경을 지켜보던 길레르모와 그의 삼촌이 득달같이 달려왔다. 그리고는 몇 마디 하지도 못하고 우리는 이민국으로 가야 했다. 이민국에 도착해서는 비자를 재출한 채 인터뷰를 해야 했다. 여행 목적과 기간, 직업 등…. 두 시간에 걸친 많은 질문들에 답을 한 후에야 우린 그곳을 나올 수 있었다. 몇 가지 여행 제한 조건을 꼬리표로 단채. 과거 군사 독재 시절 촬영이 금지되었던 많은 철조망 너머의 풍경들이 이곳에도 존재하고 있었다. 이민국 관리는 기간 시설은 찍지 말고, 보기 흉한 것도 찍지 말고, 사람들이 많이 모인 곳도 촬영을 해서는 안

된다고 말했다. 한마디로 요약하면 "쿠바의 리얼한 현실을 찍지 마시오!"였다.

"나, 참! 차라리 눈을 감고 말겠다!"

나의 불만 섞인 소리를 그는 알아듣지 못한다. 언어가 다르다는 것이 처음으로 반갑게 느껴지는 순간이었다. 쿠바에도 영업 허가를 받은 택시와 그렇지 않은 택시가 존재한다. 그런데 우리가 빌린 택시는 허가가 없었다. 그것이 또 하나의 약점으로 작용되어 시간을 더 허비하게 만들었다. 운전사를 포함한 현지인들은 다음날 아침 다시 출두하라는 명령을 받고 훈방되듯 풀려났다.

목적지인 바야모^{Bayamo}로 향하는 차 안의 분위기 냉장실처럼 차가워졌다. 너스레를 떨며 수다를 이어가던 길레르모의 입도 굳게 닫혀버렸다. 나는 운전석과 뒤에 탄 일행들을 향해 말을 건넸다.

"걱정 말아요. 이제 좀 웃어요!"

얼마 후 대화는 이어졌다. 하지만 무엇이 변한 것인지? 길레르모는 영어를 쓰지 않고 그들끼린 스페인어로 대화를 하기 시작했다. 모두가 함께 말하는 횟수는 줄어들고 말았다. 나는 한국에서 지니고 온 말을 머릿속 주머니에서 꺼냈다.

"이 또한, 곧 지나가리라!"

◀ "국가 소유의 것들을 촬영하지 마시오!" 이민국 직원이 말했다. '저 사람들도 모두 국가의 것입니까?'

Bayamo

고원을 달리는 도로 양편으로 '백색의 금'을 생산해 내는 사탕수수가 끝없이 심어져 있다.

Bayamo 바야모

쿠바의 전성기를 기억하는 넓은 사탕수수 농장과 고원

바야모로 뻗어나간 시골길

산티아고 데 쿠바를 출발한 택시가 시 중심지를 벗어난다. 외곽의 풍경은 도심보다 정겹긴 하지만, 궁핍의 그늘이 더 낮게 드리워져 있다. 하지만 도시 빈민들이라고 할 수는 없고, 그저 산티아고 데 쿠바의 아주 평범한 외곽 풍경과 비슷하다. 고개 마루에 다다르니, 당연하게 쉬어 가는 곳이라는 듯 차가 멈춰 선다. 허름한 행상들이 차 옆으로 몰려들고 저마다 자기의 물건을 사라고 권한다. 택시기사가 발휘한 '동료애' 랄까. 잡다한 나무 조각들과 과일들. 그중 수줍게 손을 내민 노파의 손에는 열대의 꽃이 한 다발 들려있다. 꽃보다 수줍게 웃는 할머니….

시에라 마에스트라 산맥을 향해 다시 힘겨운 시동을 건다. 가뜩이나

◀ 앤티크 카의 소건은 25년. 쿠바에선 아직 어린 녀석이다.

노쇠한 자동차가 힘겨움을 표시한다. 결국 중간에 내려 오르막을 걸어야 했다.

낡은 자동차인데, 성인 남자 5명을 태우고 산길을 오르려니 힘에 부칠
수밖에. 검은 방귀를 연신 뿜어내는 연막차가 따로 없다. 굽이굽이 계속
되는 작은 언덕들, 7부 능선에 나타난 급경사에선 잠시 하차를 해야 했
다. 힘겹게 고개를 넘어 고원의 작은 마을에 차를 세운다. 사람이 쉬어가
기 위함이 아니라, '자가용^{antique}'을 배려하려는 차원에서다.

고원의 작은 마을엔 관계수로가 잘 발달되어 있었으며, 산등성 구릉은
넓은 목초지로 개간되어 있었다. 강원도 평창의 삼양 목장을 떠올릴 만
큼 시원스러웠다. 마을버스 정류장엔 하염없이 기다리다 지친 동네 노인
들이 삼삼오오 모여 졸고 있었다. 산골 마을에 나타난 '황인종'은 온 동

우리나라 시골의 탱자나무 울타리를 떠올리게 하는 선인장 울타리

네 사람들의 구경거리가 되었다. 마을엔 칠면조 새끼들이 어미를 따라 종종대며 돌아다닌다. 우리의 시골 풍경과 다르지 않다. 그 중 재미있는 것을 발견 했는데, 그것은 울타리이다. 집 마당을 빙 돌려가며, 키 큰 선인장을 심어 놓은 것. 이보다 확실한 울타리가 어디 있겠는가? 우리나라의 찔레나무 울타리보다 운치는 덜 하지만, 철망보단 낫다. 유지 보수비 또한 한 푼 들지 않으니 얼마나 경제적인가? 선인장도 찔레나무 울타리마냥 고운 꽃이 피어나면 얼마나 예쁠까? 가늘고 짙은 찔레꽃 향이 떠오른다.

쿠바 독립의 전초기지

바야모^{Bayamo}는 쿠바에서 세 번째로 쌀을 많이 생산하는 곡창지대인 그란마 주^{Granma Province}의 중심이며, 1975년에 그란마 주의 수도가 된 곳이다. 바야모에는 쿠바에서 세 번째로 높은 봉우리인 1730미터 높이의 삐꼬 바야메싸^{Pico Bayamesa}와 대규모의 목장들이 있다. 바야모 시는 관광객들이 많이 찾는 곳은 아니다. 한적한 도시이며 공기가 맑고 큰 도로들이 잘 발달돼 있는 곳이다.

쿠바 최고의 국립공원으로 알려진 시에라 마에스트라 산맥에 속해 있는 고원도시인 이곳은 과거 산맥을 따라 이어진 산티아고 데 쿠바와 함께 혁명의 전초기지였다. "어떻게 내가 그란마의 역사 없이 쿠바의 역사를 말할 수 있겠는가?" 피델 카스트로의 말이다. 그는 1956년 12월 2일, 81명의 게릴라들과 함께 '그란마^{Granma}'라는 요트를 타고 이곳에 도착해 독립을 쟁취해낸 장본인 아닌가? 그는 독립군 본부를 라 플라타 강^{La Plata} 부근에 설치했었다. 또 그보다 앞서 1868년 10월에 카를로스 마누엘 데 세스페데스^{Carlos Manuel de Cespedes}가 모든 노예들의 해방을 선언하며 군대를 조직해 독립 운동을 시작했던 곳이기도 하다.

스페인 반군들은 그를 쿠바의 첫 번째 대통령으로 선출했으며, 이것이 10년에 걸친 쿠바의 1차 독립전쟁이었다. 그는 스페인 매복병에 의해 1873년 10월에 죽임을 당하기 전까지 막시모 고메즈^{Maximo Gomez} 장군과 함께 독립 전쟁을 이끌었다. 그리고 1895년 12월 2차 독립전쟁이 민족시인 호세 마르티에 의해 시작되었다. 안토니오 마세오 장군과 막시모

산티아고 데 쿠바와 바야모 사이, 고원의 마른 초지 사이로 풍요로움이 흐른다.

고메즈 장군이 함께 했으며, 독립전쟁 또한 순조롭게 진행되었으나,
1895년 5월 19일 호세 마르티가 죽음으로써 이 전쟁 또한 실패로 돌아
가고 말았다.

아이스크림을
더 맛있게 먹는 방법

까마구웨이 Camaguey 로 가기 위한
버스 시간은 아직 멀었고, 정오
의 태양은 뜨겁다. 더위를 식힐
요량으로 찾아 나선 발걸음이 멈춘 곳은 간이식당. 이곳을 왜 선택했을
까? 그것은 바로 아이스크림 때문이었다. 꼬맹이들의 손에 들린 아이스
크림이 나의 더듬이를 건드린 것이다. 나는 아이스크림을 좋아한다. 만약
술, 축구, 여행, 여자 그리고 아이스크림 중 하나만 선택하라면 아이스크
림을 먹으며 여행하겠노라 우길 것이다. 코흘리개들을 뒤쫓아 따라 들어
선 가게엔 형형색색의 눈 뭉치들이 있었다. 가격은 현지 돈 1.5 페소. 너
무나 싼 가격. 한국 돈으로 약 75원 정도이다. 음료와 함께 나온 눈 뭉치
가 이렇게 탐스럽고 예쁠 줄이야! 기대를 충족시키고도 흘러넘친다. 맛
또한 정말 기가 막히다. 원래 귀하게 얻은 물건은 그 값을 하는 법.

쿠바엔 한국 마냥 동네 슈퍼가 흔하게 있는 게 아니다. 시골 읍내에 오
래 간만에 나온 기분으로 침을 삼킨다. 쿠바에서는 아이스크림을 시키면
물 한 컵이 함께 딸려 나온다. 물은 아이스크림을 다 먹을 때까지 계속
제공되는데, 쿠바에서 물만 따로 사먹어도 비싼 편이니 얼마나 훌륭한
서비스인가? 우리나라에서 아이스크림과 물을 함께 먹는 사람을 본 적
은 없다. 하지만 물을 마셔가며 먹어보니, 달고 시원한 맛이 더욱 더 살
아난다. 신기하지 않은가? 물만 먹었을 뿐인데…. 아이스크림을 좋아한
다면 이제부터 냉수와 함께 먹어 보시라! 다 먹은 후 갈증도 찾아오지 않
을 테니….

▶ 사탕수수 생즙은 예상보다 달고 시원하다. 수확의 힘겨움에 비례하는 것일까?

고통 뒤의 달콤함,
사탕수수

아이스크림을 먹고 오니 정자나
무 아래 앉아 있던 승준이가 내
게 음료수 한 병을 건넨다. 목이
타던 차에 술술 넘어간다. 달콤하고 약간 끈적이는 이 음료는 사탕수수
즙이었다. 도로 옆 한쪽 허름한 가게에서 사탕수수 음료를 팔고 있었던
것이다. 가게 안에는 쿠바의 밀짚모자 솜브레로^{sombrero}를 쓴 청년이 압
착기를 이용해 즙을 짜내고 있었다. 국수 만드는 기계와 흡사하게 생긴
두 개의 롤러 사이에 사탕수수를 밀어 넣으면 그 밑으로 즙이 쏟아져 나
오는데, 두세 번 반복해서 즙을 완전히 짜내고 있었다. 내가 마신 것도
정제되지 않은 생즙이었다.

산티아고 데 쿠바와 바야모를 연결하는 고원의 도로 양편으로 사탕수수밭이 드넓게 펼쳐져 있다. 사탕수수 수확은 매우 고된 작업이란 정평이 나 있는 터, 이 광활한 고원의 사탕수수밭을 수확하는 것은 기쁨인 동시에 고통일 것이다. 브라질의 세계적인 사진가 세바스티앙 살가도 Sabastiao Salgado의 사진 속 사탕수수밭 일꾼을 보고 있으면, 허리가 휘는 느낌을 그대로 전해 받는다. 사진 속 아바나Havana의 당시 풍경과 지금 이곳을 비교해 보면, 작업 환경은 전혀 달라 보이지 않는다. 마쉐테로machetero라 불리는 사탕수수밭 노동자들의 등은 의례 굽어 있다고 한다. 열악한 환경 속에서 하루 종일 허리를 굽히고 있어야 하니 한라산 마냥 등이 솟아오르는 것이다. 마쉐테로들은 햇빛과 서리를 막기 위해 솜브레로를 쓰고 일하는데, 숙련된 노동자가 하루에 4톤 이상의 사탕수수를 베어낼 수 있고 1톤의 사탕수수로 약 100킬로그램의 설탕을 생산한다 하니 놀랄 일이다.

백색의 금

쿠바를 이야기하며 사탕수수를 빼놓을 수는 없다. 자연의 축복이 오히려 화가 되어 많은 서구 열강들의 침탈을 불러 왔기 때문이다. 쿠바의 열대 기후와 풍부하고 비옥한 토양은 당도가 높고 즙이 많은 사탕수수를 재배하는 최적지로 꼽힌다. 사탕수수가 쿠바에 소개된 것은 1512년 디에고 벨라스케즈^{Diego} Belazquez에 의해서다. 당시 유럽에서는 가장 가치 있는 상품 중 하나가 '설탕'이었고, '백색의 금'이라고 부를 정도였다. 카리브 해의 식민지 대부분에서 사탕수수를 재배하였는데, 재배 초기부터 거의 200년 동안 노예와 짐승의 노동력을 이용하였다. 그러던 중 1791년에 세계 최고의 설탕 생산지이던 아이티^{Haiti}의 산토도밍고^{Santo Domingo}에서 노예 폭동이 일어나, 설탕 공장 대부분이 파괴되기도 했다.

바야모의 사탕수수밭은 약 400만 에이커 정도로 이는 160만 헥타르, 48억 평에 달하는 규모이다. 이는 쿠바 전체 경작 면적의 절반가량을 차지하는 것이다. 쿠바에는 이 '백색의 금'을 만드는 공장이 150여 개 있다. 이곳에서 줄기들을 조각내 커다란 롤러로 눌러 즙을 짜낸다. 생즙의 불순물은 끓여서 제거한 후, 물기를 없애기 위해 증기 팬으로 가열된다. 이 과정에서 투명한 시럽이 생겨난다. 그 후 원심분리기를 이용해 갈색 설탕 결정체를 얻어낸다. 이것을 정제해 백설탕을 만드는데, 이런 과정에서 생기는 부산물들은 비료나 연료로 활용하고, 당밀은 '럼^{rum}'을 만드는 데 사용된다.

쿠바 설탕산업의 전성기는 19세기로 당시 철도가 놓이고 증기 기관을 이용한 공장들이 들어서면서 설탕 산업은 쿠바 재정의 70% 정도를 담당할 만큼 호황을 누렸다. 쿠바는 이때 세계 최고의 설탕 생산국이었다. 당시 이 사탕수수로 만들어 낸 설탕이 쿠바 경제에 미치는 영향력은 상당히 높았던 터라 "Sin azucar, no hay pais" 즉 "설탕이 없으면 나라도 없다"라는 말이 있을 정도였다. 하지만 1898년 이후 거의 모든 설탕 공

시가지를 조금만 벗어나면 농촌의 풍경과 마주하게 된다. 다가가 인사를 건네면 언제나 푸근한
미소가 돌아온다. 마른 먼지 날리는 땅에서도 결실은 이루어진다.

장은 미국 자본의 손에 넘어 가고 자연 쿠바 경제는 미국에 귀속되고 말
았다. 피델 카스트로의 혁명이 일어난 후 1960년에는 설탕 산업이 국유
화 되었다. 카스트로는 설탕을 소련의 쌀과 보리 같은 작물들과 교환하
는데 이용하였고, 이 시기에도 쿠바의 설탕 생산량은 연간 평균 8백만
톤 정도로 세계 최고였다. 하지만 소련 연방의 붕괴 이후 설탕 산업은 하
향세이고, 최근 10년 동안의 관광 수입이 설탕으로 인한 수입을 능가하
기에 이르렀다.

내가 만난 쿠바 사람들

쿠바 여행도 이젠 중반을 향해 달려가고 있다. 그동안 많은 곳들을 보았다. 하지만 뭐니 뭐니 해도 사람만큼 흥미로운 대상은 없었던 것 같다. 지치지 않는 관심의 대상이며, 매번 호기심을 일으키는 존재다. 그동안 만났던 이들의 이름을 살핀다. 모든 이들이 언제나 나에게 좋은 만남과 헤어짐을 선사한 것은 아니다. 나 또한 그네들에게 좋은 추억만을 만들어 주진 못했으리라. 그러나 내가 만나본 쿠바인들은 대부분 친절하고, 위트가 많았다. 그리고 어려운 일이 생기면 도와주려는 마음을 내는 사람들이었다. 쿠바로 떠나기 전, 여행을 간다는 말에 걱정 어린 말을 건넸던 이들이 있었다. 이러한 질문들엔 암암리에 주입된 불안감이 깔려 있는데, 이 정체불명의 근거를 따질 이유는 없다. 이제까지의 여정을 통해 겪어 본 바로 그런 종류의 생각들은 대부분 사실과 다르다는 것이다. 흥에 겨워 춤을 추는 것을 멀리서 보고는 흥분을 잘하는 사람이라고 말하는 것과 비슷하다. 온순한 사람도 흥은 있는 법인데…. 이들이 흥분할 때를 열거하자면, 춤을 출 때, 노래를 할 때, 야구에서 이겼을 때, 친구를 만났을 때, 권투 경기에 자신의 지역 선수가 나왔을 때 정도이다. 이들은 주로 좋은 일이 있을 때 흥분한다. 쿠바 야구팀이 국제 경기에서 지기라도 하면, 힘 빠진 얼굴로 이틀 정도를 조용히 보낸다. 참 귀엽지 않은가! 사람은 사람이 만든다. 경계하지 않고 이방인을 향해 다가오는 사람을 향해 움츠린 자세를 취할 필요도 이유도 없다. 서로 손을 내밀어 악수를 하고, 신뢰의 웃음을 건네

쿠바에서 제복 입은 여자들을 만나는 것은 흔한 일이다. 인종과 성별로 차별을 하지 않기 때문이다. 상거장 보안요원을 비롯해 일자리는 한 사람이 독점하지 않고, 여러 사람이 파트타임으로 나누어 하는 경우가 많다.

장거리 버스정류장 '비줄'의 시간표 뒤로 화장실 요금을 받는 이가 자리를 잡았다.

면 되는 일이다. 불안한 마음이 담장을 높이지 않던가? 불안한 여행을
하기 위해 돈 들여가며 쿠바에 올 이유는 없다. 어느 곳이나 그렇듯 역시
쿠바에 와 봐야 알게 되고, 사람들도 겪어봐야 안다.

Camaguey

허름한 골목을 걷다 보면 이곳이 마치 이탈리아의 변두리처럼 느껴지기도 한다. 정오의 한가함 아래 릭샤가 놓여있다.

Camaguey 까마구웨이

통속적인 것이 아름답다

23시의 거리

까마구웨이Camaguey 버스터미널에 도착한 시간은 23시. 막차를 기다리는 택시기사들이 하나둘 다가온다. 모두들 반가이 맞아주는데 어떤 택시, 누구면 어떠랴! 검정 가죽 재킷을 입은 한 남자가 다가온다. 조도가 낮은 가로등 아래를 지나는 동안 검정 가죽 표면엔 수은등 윤기가 흐른다. 오늘도 숙소를 미리 정해 놓고 오진 않았다. 어찌되든 잠들 곳은 있겠지!

"날개를 접어 둘 곳이면 어떤 곳이든 상관없어."

어둠이란 묘한 마력이 있어서, 때론 밤이면 잊혔던 시들이 다시 생각나기도 한다. 고속도로를 날아다니다 땅에 추락한 나를 바라보고 있는 것은 바람 먹은 갈대 마냥 흔들리는 가로등. 택시는 이방인을 싣고 검은

◀ 18세기 초에 지어진 누에스트라 세뇨라 대성당

가로등 없는 골목들을 돌고 돌아 새로운 둥지에 짐을 부린다.

길을 달린다. 불빛 아래를 지나칠 때마다 터널을 빠져 나와 만나는 햇빛을 떠올린다. 이 이는 지금 어디로 가고 있는 것일까? 어딘가에 나를 빨리 버려두기 위해 열심히도 달린다. 하지만 실제 이 남자는 나의 시종이 되어 훌륭한 잠자리를 찾고 있는 것이다. 몇 번의 거절을 겪은 후에야 나는 어느 집 대문에 버려질 수 있었다. 책임감 있고, 친절한 그의 손에는 3$의 돈이 쥐어졌다. 돈을 주고 버려진 나는 이제 또 다른 이방인에게 넘겨진다. 모든 길에서 이륙하기 위해 나는 잠시 길 위에 내려앉아야 한다. 이륙을 한 모든 것들이 한때는 땅에 발을 딛고 있었던 것처럼, 내일의 날갯짓을 위해 깃을 접는다. 꽃잠에 빠져들진 못하더라도 이 마음이 끊기기 전에 몸을 뉘일 수 있으려나.

쿠바에서 만난
두 번째 맘

택시기사가 잡아준 숙소. 대문에 들어서니 인상 좋은 할머니가 잠옷 차림으로 빙그레 웃고 섰다.

이방인을 안내하기 위해 나이든 몸이 앞서간다. 기다란 부엌을 지나 실외로 이어진 계단을 오른다. 2층을 오르는 할머니의 걸음이 더 불편하게 느껴진다. 코끼리 다리마냥 부어오른 탓에 관절이 좋지 않은 듯싶다. 미소와 손짓으로 언어의 장벽을 무력화시키는 할머니의 연륜. 상세한 안내를 마친 할머닌 다리를 절며 계단을 내려간다.

어깨를 짓누르고 있던 배낭을 부리고 나니 날갯죽지가 뻐근하다. 몇 병의 맥주를 마주하고 앉은 우리, 허름한 안주를 벗 삼아 목을 축인다. 잠시 후 수건을 전해 주기 위해 할머니가 올라 왔다 간다. 그런데 얼마 지나지 않아 또 다시 올라오는 게 아닌가? 할머니 손엔 접시와 포크, 나이프가 들려 있었다. 얼른 일어나서 그것들을 받아든다. '다리도 불편 하실 텐데….' 저녁 늦게 도착해서 술 한 잔 하는 모습이 꽤나 안쓰러웠나 보다. 척 봐도 알 수 있는 정 많은 할머니.

오전 2시 30분, 1층으로 내려가니 텔레비전은 여전히 켜져 있었다. '나이가 들면 잠이 줄어든다고 했는데….' 텔레비전을 켠 채 의자에 앉아 주무시는 할머니를 깨우고 가려는데, 손짓을 하며 부르신다. 텔레비전엔 '제1회 월드베이스볼클래식'의 한국과 멕시코의 경기가 중계되고 있었다. 할머니 옆에 앉아 한동안 짧은 대화를 나누었다. 그러는 동안 할머니의 손을 잡게 되었다. 속살과 겉살이 분리되어 따로 노는 손, 나이

나이가 들면 어머니들은 어떤 일정한 상태에 도달하는 것일까? 다정한 'mom'을 또 만나게 되었다. 복된 잠자리가 마련되었다.

많은 거북이의 목 마냥 주름이 자글자글 했지만 얼마나 따뜻하던지! 게다가 손톱에는 매니큐어까지 예쁘게 칠하셨다. '나이 들어도 여자는 여자구나!' 속말을 하는 사이 내 등을 쓸어내리시는 할머니. 모습도 비슷하고, 정말 엄마를 느끼게 한다. 여행하느라 힘들다며, 그만 올라가서 자라고 한다. 침실로 모셔다 드리고 돌아서는 마음이 짠하다.

　잠을 깬 시간은 8시 45분. 아침 식탁에 앉으니 과일과 구아바 주스, 따뜻한 우유와 빵을 내주신다. 주스는 아침에 바로 갈아낸 것이고, 빵에 발라먹는 마요네즈 또한 직접 만드신 것이다. 작은 꿀 병을 열어 빵에 발라먹으라고 하신다. 고소하고 따뜻한 우유를 몇 잔이고 들이키고 나니 기분 좋게 배가 부르다. 식사를 마치고 일어나려는데 이번엔 삶은 계란 두 개의 껍질을 까서 건네신다. 화수분 마냥 먹어도 먹어도 계속 나오는 음식들. 모든 할머니들의 마음이 이런 것일까? 아니면 주인 할머니의 마음이 이런 것이었을까?

이곳에 머무는 동안, 할머니를 "mom!"이라고 부르며 지냈다. 우리말로 '맘'이라는 단어는 '마음'이기도 하다. 나는 mom과 마음은 같다고 생각한다. 나는 'mom의 맘'을 안다. 쿠바에서 또 다른 얼굴을 한 '나의 엄마'를 본다. 한국에서 여행을 할 때도 그랬었지만, 쿠바에서도 수없이 많은 '엄마의 마음'을 만나게 된다.

티나호네의 도시

까마구웨이는 쿠바에서 가장 넓은 지방이며, 17-18세기에는 소 방목의 중심지로 성장해 현재 쇠고기가 가장 많이 생산되는 곳이기도 하다. 식민지 시절 크게 번성하여 쿠바 최대의 내륙도시가 되었다. 도시엔 스페인 식민지 시대의 건축물들이 많이 남아 있어 작은 광장과 좁고 불규칙한 거리를 돌아다니는 것 또

오늘 만난 사이드카는 주인만큼이나 나이를 먹어 1940년대 생이라고 한다. 그의 파트너는 아직
은퇴시킬 계획이 없다고….

한 매력적이다.

까마구웨이에는 쿠바의 다른 도시에서는 볼 수 없는 특이한 것이 있
다. 티나호네^{Tinajones}라는 것인데, 1700년대 초기 스페인의 카탈루냐
^{Catalonia} 이주민들에 의해 쿠바에 들어오게 된 둥글고 커다란 단지이다.
흙으로 만들어진 이 물 항아리는 까마구웨이 어느 곳에 가나 쉽게 눈에

물 항아리 티나호네는 까마구웨이의 마스코트. 처녀가 권한 물을 마시면 다시 이곳으로 돌아오
게 된다는 이야기가 전해온다.

떤다. 티나호네는 이 지방의 상징이기도 하지만, 역으로 까마구웨이의
강수량이 풍부하지 못하다는 사실을 말해주는 반증이기도 하다. 도시에
수도 시설이 공급되면서부터 중요도가 떨어지긴 했지만, 현재까지도 빗
물을 담아두는 물 항아리나 음식을 담아두는 작은 저장고 역할을 하고
있다.

까마구웨이에는 재미있는 이야기가 전해 오는데, 처녀가 대접한 물을 사내가 마시게 되면 다시 이곳으로 돌아오게 된다고 한다. '이거 어디서 많이 들어본 이야긴데….' 그러고 보니 '처녀의 샘'이라고 불리는 로마의 트레비 분수 이야기와 너무도 흡사하다. '물'이 상징하는 바가 '생명'이니, 생명을 잉태하는 '처녀'가 등장하는 것은 당연하고 상투적인 귀결인 듯도 싶다. 하지만 그만큼 통속적인 듯 보이는 것이 지역과 시대를 넘어서서 통용된다는 것일 게다.

숙소를 나와 시내로 걸어가다 보면 으레 티나호네를 만나게 되고, 돌아올 때 역시 물 항아리를 만나게 된다. 어떨 땐 정말 자연스럽게 항아리 이정표를 찾는 경우도 생기는데, 숙소로 돌아오는 길을 잃었다 가도 항아리만 나타나면 안심이 되는 것이다. 그래서 누구든 까마구웨이에 머물게 되면, 항아리 몇 개쯤은 기억하게 될 것이다.

거리에 서서

도시를 걷고 있노라면 마치 분지에 발달한 옛 도시를 걷는 기분을 느낀다. 스페인 사람들이 몰려다닐 것만 같은 낡은 골목들. 바야모가 오르막과 내리막이 없는 평지의 도시라면, 이곳은 산티아고 데 쿠바보단 평지이고, 바야모보다는 굴곡이 있는 지형을 가졌다. 산티아고 데 쿠바의 많은 집들이 3층인데 비

벽에 기대어 앉아 나만이 즐기는 그림자놀이를 감상한다. 빛이 강할수록 배우들은 더욱 선명해진다.

해 이곳은 대부분 2층이나 단층집들이 많다. 아침 산책을 하다보면 이따금씩 3층 건물을 만나게 되는데, 그것은 앞에서 보이는 모습이 그럴 뿐이다. 옆으로 돌면서 건물을 보게 되면, 옆 벽면이 없는 경우가 대부분이다. 공원과 가까운 곳을 걷다 보면 '아이스께끼' 장사도 만나게 된다. 작은 손수레엔 몇 장의 천에 덮인 커다란 얼음 덩어리가 실려 있다. 그리고 작은 대패도 가지고 다니는데, 대패는 사각형 상자처럼 생겼다. 얼음 표면에 '대패질'을 하면 그 안에 얼음 가루가 모이게 된다. 대패 뚜껑을 열고 얼음 조각들을 조악한 플라스틱 컵에 옮긴 후, 향을 낸 싸구려 주스를 부어 파는 것이다. 냉차 한 잔에 현지 돈으로 1페소. 우리 돈으로 약 50

원 정도. 보잘 것 없는 모양새지만, 맛은 환상적이어서 어린 시절 초등학
교 앞 손수레에서 사먹던 딱 그 맛이다. 사람의 혀가 간사하다고는 하나
지금은 '혀의 기억력'이 놀라울 뿐이다. "역시! 세계 어디나 불량식품은
맛있어!"라는 말이 절로 나온다. 쿠바 경제가 우리와 얼마나 차이가 나
는지는 모르겠으나, 한편으론 30년 전의 맛을 볼 수 있어서 반가웠다.

　까마구웨이 주택가는 거의 다 일방통행이고, 큰 도로만 양방향 도로

다. 산티아고 데 쿠바'에 비하자면 길은 곧은 편이고 자동차 수도 적다. 그래서인지 도심에도 매연은 매우 적었다. 그리고 자전거를 이용하는 사람들이 특히 많다. 길을 걷다보면 자전거 보관소가 자주 눈에 든다. 돈을 받고 자전거를 빌려주기도 하지만, 그 보단 말 그대로 '보관소'의 역할을 한다. 살림을 살펴보자면 창문에 나와 있는 화분은 모두 쓰다버린 플라스틱 큰 통이고, 작은 것은 양념 통으로 만들어 쓴다. 자동차 엔진의 실린더까지 분해하는 것도 예사다. 자전거와 의자, 식탁의 모양이 집집마다 조금씩 다 다르다. 그 이유는 물자가 귀하다보니 가능한 직접 만들어 쓰는 경우가 많기 때문이다. 그럼에도 까마구웨이는 매우 깨끗한 도시다. 시내 중심과 변두리 어디에서도 쓰레기가 나뒹구는 모습을 본적이 없다. 주민들은 매우 낙천적이고 개방적이다. 그리고 유머러스하다. 하나 더 말하자면 이 도시에서 구걸하는 사람을 만나 적이 없다. 산티아고 데 쿠바에서는 간혹 푼돈을 요구하는 아이와 외국인을 상대로 낚시질을 하는 속칭 '삐끼'를 만난 적이 있었다.

까마구웨이는 쿠바에서 세 번째로 큰 도시임에도 불구하고 이곳을 방문하는 외국인들은 드문 편이다. 도시를 둘러보고 난 후의 소감은 놓치기 아까운 곳이란 느낌이었다. 작은 공원들이 많기 때문에 정처 없이 걷기에도 안성맞춤이다. 대추야자 그늘에 앉아 있노라면 정말 한가롭게 시간이 흘러가는 걸 느낄 수 있다. 이제까지의 여행지 중 가장 걷기에 좋은 곳이 까마구웨이다. 배낭여행을 계획하고 있는 사람이 있다면 빼놓지 말고 들려 보라고 하고 싶다.

▶ 기온이 치솟는 오후, 골목탐사가 조금씩 느려진다. 그렇지만 건조한 날씨 탓에 그림자 속으로 들어서기만 하면 열기는 금세 사그라진다.

◀ (위) 명주바람 타고 살랑대는 빨래가 정겹다. 모두들 오침에 들었는지? 길마저 고요하다.
   (아래) 이해! 낙서가 이 정도는 돼야지.
▲ 그녀는 나를 보고, 나는 그녀를 보고 웃는다. 눈을 마주치기만 해도 기분 좋은 전염병을 옮기
   는 사람들이 있다.

소총같이 불타는 나무,
아바나 시가

냄새는 시각이나 청각보다 앞서 반응하고 깊게 받아들여진다. 보이지 않는다 하더라도 흘러나오는 향기로 그 정체를 알 수도 있다. 시가 냄새를 무어라 표현해야 할까? 진한 초콜릿 냄새? 묵은 오이지의 구수한 냄새? 이도 아니다. 그냥 시가 냄새라고 해야 맞다. 비교할 만한 것이 없다. 추후에 어떤 곳엘 가서 새로운 냄새를 맡게 된다면 "아! 시가 냄새 같은데…"라고 할 만한 독특한 향.

시가 하나를 꺼내 코에 대고 향을 들이킨다. 하나 입에 무니 혀가 뒤로 물러나고, 마치 오이라도 씹는 것 마냥 입을 한가득 차지한다. 시가의 굵기는 성인 남자의 검지 정도. 고히바 중에서 중간 정도의 굵기를 샀는데도, 막상 입에 무니 상당히 어색하게 느껴진다. 겉보기에는 묵직하게 생겨서 무게감이 있을 것 같지만 실제로 느껴지는 무게감은 없다. 숨을 들여 마신다. 두꺼운 시가의 불이 타들어가며 연기가 입 안 가득 퍼진다. 연기를 입 안에서 잠시 돌린 후 밖으로 뿜어낸다. 몇 번을 반복해 보니, 시가가 굵어서인지 들숨이 조금 힘들게 느껴진다. 시가를 피울 때 연기는 속으로 삼키지 않고, 그냥 뱉는다. '뻐끔 담배'처럼 피면 된다. 시가를 피워도 입안은 쓰지 않다. 연기를 삼키는 것이 아니라 입안의 향과 잔향을 즐기는 것!

시가는 담뱃잎을 그대로 말아서 만들기 때문에, 타고 난 담배 재를 보면 원 모양으로 똘똘 말아 놓은 잎 모양이 나타난다. 그래서 길게 타들어가다 떨어지는 재를 보고 있으면 마치 능소화가 '뚝!' 하고 떨어지는 것 같다. 나는 시가를 쿠바에 와서 처음 펴본다. 그래서인지 입안에 가득 퍼지는 향보단 피우기 전 코끝으로 맡는 내음이 좋다. 그리고 옆 사람이 시가를 피울 때 나는 향이 더 좋다. 그 구수한 냄새는 정말 일품이다. 내 생각에 시가의 매력은 '향'에 있는 것 같다. 그리고 한 가지 더 붙이자면 입안까지 느껴지는 두터운 볼륨감일까.

콜럼버스는 처음 쿠바에 상륙한 후 "섬사람들이 손으로 불타는 나무를 든 채 그 나뭇잎의 연기를 들이 마시고 있었다. 그 불타는 나무는 마른 잎으로 말아서 그 모양이 마치 소총과 같았다."라고 담배에 대해 말했다. 그리고 "신이 준 이 잎을 말아 피우면 모든 병이 낫는다"고 한 원주민들의 말에 그 나뭇잎을 가지고 온다. 이를 계기로 '담배'라는 식물이 유럽을 거쳐 전 세계에 알려지기 시작했다.

담배의 원산지는 중남미이며, 넓은 지역에 걸쳐 야생 잎담배가 자생하고 있어서 옛날부터 인디오들이 담배를 즐긴 것으로 여겨진다. 이후 쿠바는 스페인의 식민지가 되었고, 유럽인들에게 새로운 기호품이 된 잎담배를 세계에 수출하게 되었다. 담배 애호가들에게 동경의 대상이 된 아바나 시가의 역사는 이렇게 시작되었다.

'아바나 시가'라는 명칭은 무역항인 쿠바의 수도 아바나에서 딴 것이다. 담배가 유럽에 전해진 초창기에는 담배가 호흡기 계통의 질병 치료에 탁월한 효능이 있다고 알려져 많은 사람들이 담배를 즐기던 때도 있었다고 한다. 두꺼운 시가를 입에 물고 있는 사람들 대부분은 귀족이나 부유한 계층들이었다. 이런 배경은 현재에도 남아있어 '부귀영화'의 상징으로 여겨지기도 한다.

쿠바엔 현재 많은 종류의 시가가 있다. 가격과 품질도 천차만별이다. 몬테크리스토^{MONTECRISTO}, 고히바^{COHIBA}, 로미오와 줄리엣^{ROMEO Y JULIETA} 등이 외국인들에게 많이 알려져 있지만 길거리 구멍가게에서 한 개비씩 파는 일명 '까치 담배'도 만날 수 있다. 이런 값싼 시가도 향이 좋아서 미리 가격을 이야기하지 않는다면 비싼 제품이라고 해도 믿을 것 이다.

▶ 쿠바 시가의 브랜드는 32가지 정도. 세계적으로 잘 알려진 몬테크리스토나 고히바가 아니어도 맛은 그에 뒤지지 않는다. 1달러만 지불해도 즉석에서 말아낸 향 좋은 시가를 맛볼 수 있다.

끽연,
쿠바인들의 다선일여

쿠바 여행을 결심한 후 가장 훌륭한 선택은 후배 승준이와 동행한 것이다. 녀석은 지칠 때나 생각에 잠길 때 어김없이 담배를 문다. 승준이가 뿜어낸 담배 연기는 카리브 해의 태양에 의해 이내 녹아버린다. 잠깐 동안의 근심과 지친 마음을 연기에 실어 날려 보낸다.

"승준아, 담배 핀지 얼마나 됐지?"

"한… 10년은 넘었지요."

승준이에게 장난을 걸었다.

"참 오랫동안 한 일이다. 그치? 한 가지 일을 10년 동안 하긴 쉽지 않은데…."

"하하하! 아, 형! 지금 저 놀리는 거죠?"

쿠바에서 담배를 즐기는 데에 남녀의 구분 같은 건 당연히 없다. 실내외를 가리지도 않는다. 그야말로 흡연 천국이다. 게바라와 피델 카스트로는 모두 애연가였다. 그들은 게릴라전을 펼쳤던 혁명 기간 동안에도 언제나 시가를 물고 다녔으며, 심지어 일생동안 천식을 달고 살아야 했던 체 게바라는 흡연이 천식에 도움이 된다는 생각을 할 정도였다. 누가 "몸에 좋지 않다"고 말하면, "시가는 허기를 달래고 모기도 쫓는다"고 말하곤 했다고 한다. 하지만 피델 카스트로는 이제 더 이상 담배를 즐기지 않는다. 그는 건강에 해롭다는 이유로 금연을 선언했다고 한다.

시가의 매력은 향기에 있다. 그 구수함은 필터담배에 비할 바가 아니다.

'끽다거^{喫茶去}'에 비할 바는 아니지만 쿠바 사람들은 이처럼 언제 어느 때나 '끽연^{喫煙}'을 즐긴다. 끽다거는 당나라의 선승 조주^{趙州}의 선 수행을 이르는 말이다. 차를 즐기는 것을 선^禪을 행하는 것에 비유한 것인데, 차를 마시며 색, 향, 맛을 즐기는 것 마냥 끽연도 그와 비슷해서 연초의 빛깔과 냄새, 맛을 따져 가며 즐긴다. 끽연을 표현한 것 중 소설가 김동인의 재미있는 글이 있다. "생각이 막혔을 때 한 모금의 연초는 막힌 생각을 트게 하고, 근심이 있을 때 한 모금의 연초는 그 근심을 덜어주며, 더

울 때는 양미甘味를, 추울 때는 온미溫味를, 우중雨中에 떠오르는 담배 연기
는 시인에게 영감을 주며, 어둠속에서의 연기는 공상가에게 철리哲理를
준다. 잠에서 깨어났을 때, 식후에 그리고 화장실에서의 담배 맛은 천하
제일의 맛이라는 것을 아는 사람들은 다 공감할 것이다." 그리고 임어당
林語堂도 이렇게 말했다. "파이프 담배를 즐겨 피우는 사람은 절대로 아내
와 다투지 않는다." 동서고금을 막론하고 애연가들의 말은 수없이 이어
져 왔다. 나는 이 말 중 '철리'라는 표현이 마음에 든다. '깊고 오묘한 이
치'라… 참 재미있는 표현이 아닐 수 없다. 나는 공상하기를 좋아한다.
그래서 마음속에서 움직이는 보이지 않는 무엇인가를 밖으로 꺼내기 위
해 이따금씩 사진기를 사용한다. 끽연을 통해 철리를 얻을 수 있다면 얼
마나 좋은 것인가? 조금 과장하자면 마치 다선일여茶禪一如라는 말처럼 들
린다.

쿠바 사람들에게 시가는 일종의 해방구 같은 것 아닐까 싶다. 이 땅에
살았었던 인디언들이 물려준 선물이다. 오랜 식민지 생활의 고통과 돌파
구 없는 현재의 삶에 위안을 주는 휴식처이다. 경제재재를 견뎌내는 비
타민 같은 것이다. 쿠바 사람들은 끽연을 통해 철리라도 얻은 듯싶다. 그
래서 이들은 언제나 낙천적인 미소를 보인다.

"성준아! 우리 끽연 한 번 더 할까?"

"좋지요!"

◀ "신이 준 이 잎을 말아 피우면 모든 병이 낫는다"는 원주민들의 말과 함께 유럽에 전해진 담배.
더 이상 쿠바에 원주민들은 존재치 않는다. 스페인 점령자들은 그들의 흔적을 지워버렸다.

까마구웨이의 사람들은 멋을 아는 이들이다. 사람들을 자세히 보지 않더라도 대부분 낡은 옷을 입고 다닌다. 새 옷을 입고 다니는 이는 매우 드물다. 하지만 모두들 자신에게 잘 어울리는 옷을 입고 있다. 직접 만들어서 입는 경우도 많다. 낡긴 했어도 깨끗하고 단정한 옷을 입은 모습을 볼 때면 기분이 좋아진다. 다들 그 나름으로 자신의 피부색과 잘 어울리는 색과 디자인을 선택해 입고 다닌다.

옷이란 기능과 미를 나타내는 사람들의 포장지이다. 누구나 자신의 외형과 성격에 맞추어 포장을 한다. 당연히 인종에 따라 잘 어울리는 색과 스타일도 달라진다. 초록색 잎에 초록 꽃잎이 없는 것처럼 자신을 돋보이게 하는 치장을 한다. 이곳 사람들은 화려하지 않다. 그 보단 은근한 방법으로 자신을 포장하길 좋아한다. 경제 상황이야 쿠바의 다른 지역과 크게 다르지 않을 터지만, 이들은 다른 어떤 지역 사람들 보다 멋쟁이들이다. 물자가 귀한 상태 에서도 자신들에게 알맞은 멋을 부릴 줄 아니, 지금보다 선택의 폭이 넓어지면 또 얼마나 멋지게 하고 다닐지가 궁금하다.

◀ 스페인인 후촌 60%, 백인과 흑인의 1대 혼혈민 뮬라토mulato 22%, 아프리카인 후촌 11%, 중국인 1%, 쿠바인들의 비율이다. 역사의 흔적을 고스란히 따르고 있다.

Trinidad

Trinidad 트리니다드

푸른 바다와 파스텔 빛의 도시

역사와 문화의 흔적

트리니다드^{Trinidad}는 쿠바 중부
인 상크티 스피리투스 시^{Sancti}
^{Spiritus Privince}의 남서쪽 끝에 위치
한 해안 마을이다. 상크티 스피리투스는 쿠바 제국에서 가장 오래된 도
시로 1514년에 세워졌다. 건물들의 외관은 대부분 파스텔 톤으로 칠해
져 있고, 많은 길들이 조약돌을 이용해 건설되었는데, 이런 모습들이 현
재까지 가장 잘 보존되어 있는 곳이 바로 트리니다드다. 트리니다드는
1988년 유네스코가 지정한 세계문화유산이기도 한데, 마을을 둘러싼 성
벽과 그 안쪽의 도시가 이에 속한다. 스페인 식민지시대의 건축들이 고
스란히 남아 있고, 비교적 보존이 잘 되어 있는 편이다. 하지만 도시 전
체가 문화재이다 보니 유적지가 너무 많아 손길이 닿지 않는 곳들도 많

◀ 독립을 상징하는 하얀 별이 개인의 자유와 권리도 독립시켜 주길 바란다.

다. 성수기에는 밀려드는 단체 관광객들 때문에 호텔은 대부분 만원이다. 자연스레 개인 여행자들은 정부 허가로 운영하는 민박집인 까사 빠띠꿀라를 이용하게 된다. 이곳의 까사 빠띠꿀라도 호텔 정도는 못 되지만 실망할 수준도 절대 아니다. 대부분 2층으로 지어진 곳들이고, 간혹 3층 건물도 있다. 객실의 선택은 주인의 의사보단 여행자의 의견을 존중해 준다. 아바나에서 조금은 멀리 떨어진 탓인지 단기 여행자들보다는 장기 체류자들이 찾는 경우가 많다.

아바나 한 곳만의 여행을 계획한 사람이 아니라면 시간을 쪼개 트리니다드를 꼭 한번 방문해 보길 권하고 싶다. 내가 만난 어떤 이는 이곳을 신혼여행지로 남겨 놓았다는 말을 했었다. 그의 말대로 이곳은 훌륭한 신혼 여행지이다. 아름다운 도시의 풍경을 감상하고, 카리브 해의 석양을 바라보며 해안을 걸어 볼 수도 있을 것이다. 하지만 굳이 그때까지 기다릴 이유는 없다. 아마 이곳을 다녀가면 신혼여행이 아니더라도 자꾸만 생각이 날것이고, 다시 오고 싶어질 것이 분명하다.

야간 비행

상크티 스피리투스의 오후 8시 40분. 열대의 밤은 예상보다 깊다. 시외버스터미널에 내리니 대중교통 수단은 이미 끊겼고, 남은 방법은 걷거나 택시를 타는 것뿐. 트리니다드까지는 시속 80킬로미터로 한 시간 정도를 가야한다고 하니 걷는 것은 불가능한 일이다. 이제 남은 것은 이곳에서 하루를 자느냐 아니면 더 늦기 전에 출발하느냐의 선택이다. 하지만 목적지가 지척이니, 여독이 쌓였다고 해서 멈출 이유는 없다.

지체 없이 택시를 잡았다. 시간이 지나면 이마저도 없어질지 모르기 때문이다. 검은 피부에 늠름한 체구를 지닌 운전사의 차에 올랐다. 조수석에는 그의 어린 부인이 당연하다는 듯 동승했다. 돌아오는 길이 외롭다고 생각한 것일까? 쿠바 여행을 하면서 간혹 이 같은 경험을 하게 되었는데, 장거리 운행을 할 때면 운전수들이 조수나 여자 친구를 함께 데려가는 경우가 종종 있었다. 한편으로 생각하면 남자들끼리만 가는 것보다는 한결 부드러운 분위기가 될 것 같기도 하고…. 자고로 수컷들의 생각이란 국경을 초월하여 매한가지인가 보다.

자동차 키를 돌리자 요란한 시동소리를 내며 자동차가 움직인다. 쿠바의 자동차들은 대부분 속도보다도 큰 소리를 내기 일쑤인데, 소리는 200킬로미터, 속도는 60킬로미터다. 차들의 나이가 20년을 넘긴 것은 예사고 60년에 이르는 것들도 쉽게 볼 수 있다. 그야말로 올드 카의 전성시대라고 해야 할까? 올드카 집합소라 해야 어울릴까? 가로등 없는 외곽 길을 달리는 기분은 롤러코스터를 타고 있는 것보다 스릴이 있다. 게다가 우렁찬 소리까지 가세했으니…. 창문을 열고 고개를 내미니, 열대의 밤을 적시며 내리는 찬 기운이 뺨을 스친다. 이슬이 쌓이듯 살갗이 이내 촉촉해진다. 죽창처럼 내리꽂던 햇볕이 급격히 식어버려 밤공기가 더욱 차갑게 느껴지고, 택시의 굉음에 묻혀 버린 나의 콧노래는 마냥 즐겁기만 하다.

활주로를 날아올라 비행하는 것 마냥 짜릿했던 순간. 어둠속에서 나타났다가 사라지기를 반복
했던 갓들.

    경비행기에 탄 느낌이 들 정도로 속도감과 스릴을 만끽하며 날아가는
길. 캄캄한 밤길을 한동안 이렇게 달리다 보니 몇 번의 커브와 내리막에
서는 위험스럽기까지 했다. 속도계가 70킬로미터를 넘길 때마다 차체가
심하게 요동친다. 난기류를 만난 기체마냥 울렁대는 택시. 그 순간 동승
한 피앙세가 운전사에게 걱정의 눈빛을 보낸다. "너무 무리하지 말아
요!"라는 눈빛은 나에게도 전달된다. 운전사와 내가 암묵적으로 즐기던
속도의 쾌감과 장난스러움은 이제 멈춰야 할 때가 온 것이다. 어린 시절
동네 아이들과 놀이에 빠져 있을 때 들려 왔던 엄마의 음성이 들리는 듯
했다. "이제 그만 놀고 집에 가자아~." 멀리 가로등이 보이자 비행기 마

냥 연착륙을 해야 했다. 가로등 밑에 차를 세우고, 헤드라이트를 밝힌다. 부부의 기념사진을 찍는다. "찰칵!" 트리니다드에 도착하기까지 낯선 이들과 함께한 야간 비행은 참으로 즐거운 추억으로 남을 것이다. 타국에서 초행의 밤길을 즐겁게 보낼 수 있었던 것은 서로에게 보내는 신뢰의 눈빛과 웃음, 그리고 간단한 스킨십이었다. 그 어떤 말들이 웃음을 대신할 수 있겠는가? 서로 초면이긴 마찬가지인데, 누가 누굴 두려워하겠는가? 나중에 들은 것이지만 운전사는 40세 나이에 18세의 부인을 맞이한 것이라고 했다. 늦은 신혼을 축하해 주며, 악수를 나누고 헤어졌다.

트리니다드에 도착한 시간은 한밤중, 이리 저리 숙소를 찾아 헤맬 처지가 아니다. 처음부터 시내에 있는 호텔로 직행했지만 방이 없다는 말만 들은 채 나와야 했다. 쿠바에서 처음으로 호텔에서 잠을 청하려던 계획이 무참히 깨지고 말았다.

호텔 관리인이 일러준 어느 까사 빠띠꿀라를 찾아 갔지만, 이곳 역시 사정은 여의치 않았다. 방은 있긴 했으나 원하는 곳이 아니었다. 나는 1층이 아닌 맨 위층을 바랐다. 맨 위층에는 아래층에 없는 발코니가 있기 때문이었다. 표정을 읽었는지 주인여자가 서슴없이 전화를 돌리기 시작했고 마침내 한곳을 소개해 주었다. '징조가 좋아! 인심이 나쁘지 않은 곳이야!' 고맙다는 인사를 건넨 후 다른 곳을 향해 발을 옮겼다. 그녀가 소개해 준 집은 보기에도 좋아 보였다. 숙박료도 전집과 같았다. 숙박계도 쓰기 전에 창문부터 열고 발코니로 나갔다. 동네 골목이 내려다보이고 멀리 불 꺼진 교회의 실루엣이 보인다. 시원한 바닷바람이 온 동네를 돌아다니고 있었다. "그래! 이 더위 좀 식혀다오!" 신발을 벗어 던지고 의자에 앉아 담배를 한 대 물었다. '이렇게 좋은 곳을 얻다니 복도 많지! 정말 편하게 지낼 수 있겠네…….'

2층에는 객실이 두 개 있었고 먼저 온 사람이 하나 있었으나, 발코니 딸린 방은 우리 방 하나였다. 침대 두 개가 놓여있는 방은 여유 공간도 있고, 욕실도 매우 깨끗했다. 샤워실, 변기, 세변대가 분리되어 있어서 편리했다. 산티아고 데 쿠바의 숙소와 비교하자면 그곳도 불편은 없었지

어떤 색깔의 집에서 잠을 청할까요? 하루씩 묵을까요?

만, 이곳은 한 차원 높은 작은 호텔이었다. 여행자에게 숙소는 임시거처가 아니라 집과 같은 곳이어서 이렇게 좋은 곳을 만나면 정말 기분이 좋고 여독도 빨리 풀리기 마련이다. 샤워를 마친 우리는 조용한 골목을 내려다보며 시원한 맥주를 한 병씩 손에 집어 들었다. 긴 여정에서 이렇게 편하게 짐을 풀고 밤하늘 보고 있을 때가 가장 여유롭다. 마치 '내일'이라는 시간이 없는 것처럼….

메르세데스 할머니

이 까사 빠띠꿀라에 머물면서 주
인 할머니가 차려준 아침밥을 먹
는 것이 큰 즐거움이 되었다. 좁
은 복도를 따라 가면 메르세데스 곤잘레스 할머니와 할아버지의 방을 지
나게 되고, 이윽고 식당에 닿는다. 식당에는 작은 마당이 붙어 있는데,
집안에서 하늘이 올려다 보이는 곳이기도 하다. 마당에는 수돗가가 있
고, 작은 창고도 있다. 화초에 물을 주기도 하고 빨래를 하기도 하는 곳
이다. 아침밥은 약간 거칠면서도 고소한 빵과 커피, 계란 프라이와 열대
과일, 우유와 주스. 이곳에서 아침 먹는 것을 좋아하는 이유에는 '앵무
새'의 노래도 포함되어 있기 때문이다. 부엌 뒷마당에서 들리는 앵무새
의 노래를 들으며 먹는 아침밥의 맛은 상상 이상이다. "삐익, 삑! 쮸우!"
울어대는 녀석과 대면하고, 아침 인사를 나누는 것이 새로운 일과가 될
정도였다.

주인 할머니의 편안함을 젊은 여인네들이 쫓아올 수 없다는 것을 수시
로 느낀다. 쿠바에선 스페인어를 쓰는 탓에 그나마 서툰 영어마저도 무
용지물이 되고 만다. 언어가 통하지 않는다는 것을 잘 알면서도 할머니
는 여러 차례 반복한다. 이렇게 되풀이되는 친절한 설명과 정성이 매번
언어의 벽을 넘게 만든다. 할머니는 결코 당황하지 않고, 서두르지도 않
는다. 어쩌다 갑작스런 일이 생겨도 척척 해결해 내는 할머니를 대할 때
마다 존경스런 마음이 여울처럼 번져 나간다. 말로는 표현할 수 없는 어
떤 것들이 느껴지고, 본받고 싶은 마음도 생겨난다. '나이 든다는 것은

현명하고 따뜻한 사람, 이 이와 함께 새소리를 들으며 아침을 먹는 시간이 더 없이 풍요롭다.

외로워진다는 것일까?' 이런 생각이 들면 하늘을 보게 된다. 하지만 이 할머니처럼 현명하고 따뜻한 이를 만나게 되면 '늙는다는 것이 서러운 것만은 아니구나!' 하는 것을 확인하게 된다.

'늙음'은 모두가 도착하게 되는 정류장이다. 그곳엔 여유롭게 앉아 있는 이도 있고, 그렇지 않은 이도 있을 것이다. 나는 주인 할머니와 마주 앉아 있는 시간이 좋다. 그녀는 나를 바라보고, 나는 그녀를 바라본다.

우린, 아니, 나는 할머니를 보고만 있어도 마음이 편해진다.

　며칠 동안 이곳에 묵다 보니 할머니가 당뇨병을 앓고 있다는 사실도 알게 되었다. 그래서 할머니에게 커피보단 녹차가 좋다는 말과 함께 녹차를 선물했다. 할머닌 처음 보는 티백을 신기해하면서도 금세 적응했다. 몸이 늙는다고 해서 마음이 '늙은이의 것'이 되는 것은 아니다. 새에게 반가운 말을 건네고, 꽃을 보며 좋아하는 것은 아이와 같고, 사람과 자연의 이치를 알아차리는 것은 현자와 같으니, 나이 든다는 것은 좋게 받아들여야 하는 것이다. 부처도 "인간은 왜 늙고 병들고 죽는가?"라는 의문으로 깨달음의 길을 가게 되었던 것 아닌가? 여행을 하다보면 부처가 곳곳에 있음을 보게 되고, 그들을 만나기도 하고, 순간순간 그이들을 스쳐 지나기도 한다. 나는 '트리니다드'에서 아침마다 부처의 마음을 만나는 행운을 얻었다.

트리니다드의 건축 스타일

현재 트리니다드에는 16, 17세기에 지어진 건축물들이 아직 많이 남아있다. 이 건물들은 쿠바를 정복하기 위해 들어온 스페인인들에 의해 지어졌는데, 그들이 처음부터 지금의 아름다운 건물들을 지은 것은 아니다. 식민지의 초기 정착민은 지붕에 야자나무 잎을 얻은 단층 벽돌집에서 살았다고 한다. 그러다

쿠바 인구의 47%는 가톨릭 신자다. 교회 건축물들이 그나마 잘 보존된 이유이기도 하다. 파로 키알 데 라 산티시마 성당의 측면

가 17세기에 들면서 집들이 복잡한 형태를 갖게 되었는데, 나무 지붕을 얹은 석회암 2층 건물이 바로 그것이다. 대부분 집들이 1층은 상업 용도로 사용되었고, 2층은 주거용으로 쓰였다. 건물의 외관은 다소 엄격한 형태를 띠었지만, 발코니 공간을 장식적으로 꾸며 부드러운 이미지를 덧붙였다. 대문은 바로크양식으로 만들어졌으며, 대문의 일부를 여닫을 수 있게 만든 작은 문이 첨가 되었다. 나중엔 말과 마차가 통과할 수 있도록 대문의 크기를 크게 만들었다. 도시 한가운데 위치한 광장은 높은 건물

들이 빙 둘러싸고 있는데, 이 건물들이 거센 비바람과 뜨거운 햇빛을 자연스럽게 막아 주는 역할을 한다. 대로와 붙은 건물들도 이와 마찬가지. 이후 18세기까지 집들의 층 높이가 낮아져 노예들의 숙소나 사무실로 쓰였다. 그리고 창문에는 나무판자를 붙여 보호하게 되었고, 여기에 장식도 추가되었다. 신고전주의가 들어온 19세기에는 금속장식들이 나무장식들을 밀어내고 그 자리를 차지하게 되었다. 이때 스테인드글라스 같은 유리 장식도 등장했는데, 바람과 따가운 태양을 막아주고 아름다운

막힌 듯 이어지는 골목들. 소리 없이 나타났다가는 어느새 사라져버리는 이들.
골목골목을 누비며 아무리 걸어도 지루하지 않은 파스텔 빛 길

색깔의 빛들을 실내에 들이기 위한 인테리어 요소로 사용되었다.

트리니다드의 대표적인 건축물들은 1800년대 후반에 지어진 교회 파로키알 데 라 산티시마 트리니다드 성당 Iglesia Parroquial de la Santisima Trinidad 과 1813년에 지어진 종루가 아름다운 교회 콘벤토 데 산 프란시스코 Iglesia y Convento de San Francisco , 19세기의 신고전주의 건물인 팔라치오 칸테로 Palacio Cantero 가 있다. 이 외에도 오래된 건축물들이 워낙 많아 일일이 열거하기 힘들고 트리니다드의 건축물로만 책을 만들어도 될 정도다.

파스텔 빛 도시의 돌길

늦은 아침을 맞이하려는 계획은 수포로 돌아갔다. 창틈을 헤집고 들어오는 햇살과 아침의 찬 공기가 커튼을 펄럭이게 만든다. 배란다로 나서니 간밤에 잠들어 있었던 도시가 한눈에 든다. 촉촉한 기운과 따스한 햇살이 눈동자를 자극한다. 얼음 수건을 눈에 댄 것 마냥 신선한 공기가 눈 안으로 들어온다. 그때 골목에 울려 퍼지는 소리. "빵!" 아니, 이게 무슨 소리란 말인가, 빵? '설마 빵 사라는 소리는 아니겠지?' 라고 생각했지만 골목에 나타난 사람은 진짜 빵장수였다. 자그만 손수레를 끌고 다니며 빵을 팔고 있었다. 아침마다 들리던 크고 짧은 소리 "빵! 빵!" 아침마다 식탁에 차려지던 신선한 빵의 정체를 알게 되었다.

까사 빠띠꿀라를 빠져나와 골목길을 걷기 시작한다. 트리니다드에는 거주지와 성당, 인디오들이 섬세한 조각으로 장식해 놓은 돌벽이 여러 곳에 흩어져 있다. 특히 도시의 길이 특이한데, 도로의 포장에 쓰인 자제들은 강에서 채취한 돌들이다. 둥글고 넙적한 강돌들이 도로를 뒤덮고 있다. 돌들을 밟으며 걷는 기분이란! 길을 걷다 만져본 바닥이 따끈하게 달구어진 겨울철의 군고구마 같다. 너른 골목의 도로가 강돌들로 반짝일 때, 도시의 벽들은 형형색색의 물결을 이룬다. 건물의 모든 벽과 기둥이 파스텔 톤으로 칠해져 있다. 건물을 빙 둘러보아도 사방이 모두 다른 색. 컬러풀한 벽에 검은 피부의 사람들이 지날 때마다 묘한 분위기의 실루엣을 만든다. 색상 때문인지 집들은 마치 1700년대 유행하던 로코코 양식의 건축물 같아 보인다. 하지만 이 많은 건물들을 지은 이는 유명한 건축가가 아니다. 모두 평범한 이들의 손에 의해 지어진 것이다. 그러기에 더 가치가 있는지도 모른다. 건축의 재료는 주위에서 구할 수 있는 나무와 흙, 돌들을 섞어서 지었다. 우리의 초가가 그렇듯 순박한 재료가 아름다운 집으로 완성된 것이다.

특이한 점이 한 가지 더 있는데, 기와가 그렇다. 지붕을 잘 살펴보니 기와의 암수 구별이 없어 보인다. 황토색 기와는 모두 한 가지 형태로 만들어졌으며, 그것을 바로 놓으면 암키와가 되고, 뒤집어서 놓으면 수키와가 된다. 이렇게 해서 지붕을 얹는다. 단순하고 효율적인 형태.

막다른 길 같은 곳에서 툭툭 튀어나오는 사람들도 재미있다. 동네주민들은 자전거를 타고 나타나는 경우가 많기 때문에 소리가 나지 않아 더욱 갑작스럽게 등장하는 듯이 느껴진다. 골목엔 파랑과 노랑, 분홍과 초

록의 대비가 자유분방하게 펼쳐진다. 조심스러움이나 주저함 없이 칠해진 캔버스가 온 동네를 감싸고 있다. 어느 예술품이 이처럼 자연스럽고 생동감 있게 다가올 수 있을까? 연분홍빛의 벽이 햇살에 반사되어 골목을 지나는 이의 얼굴을 밝게 할 때, 흰옷에 푸른 벽의 기운이 번질 때마다 자연스레 미소를 짓게 된다. 여러 색의 벽들을 지날 때 순간순간 얼굴에 묻어나는 그 빛들을 잡아챌 수 없어 아쉬울 뿐이다.

▲ 손으로 수를 놓아서인지 일정치는 않지만, 그 서툰 솜씨가 오히려 멋스럽게 짚는다.
▶ 트리니다드는 파스텔 빛 건물들뿐 아니라 강의 돌들로 덮인 길 또한 이채롭다. 쓰다듬어 주고
  싶은 길이다.

바다 속 맘보춤

내겐 도시 전체가 관광지지만 그
중에서도 관광객들이 많이 모여
드는 거리인 깔레 시몬 볼리바

Calle Simon Bolivar 를 걷고 있을 때 자전거나 모토리노를 빌려 볼 요량으로

찾아 들어간 대여점 한쪽에서 음악이 흘러나오고 있었다. 무척이나 신이
나는 리듬을 그냥 지나칠 수 없어 원래 목적은 뒤로 하고 귀를 앞세워 걸
어가니, 음악만 있는 게 아니라 춤판이 벌어지고 있는 게 아닌가? 식당
의 야외 무대 위에는 짝을 이뤄 스텝을 맞추는 이들이 가득. 검은 타이즈
를 입은 남녀가 손을 주고받으며, 허리를 꺾고, 다리를 벌려 허공에 내지
른다. 한낮에 쏟아지는 직사 광선아래서 땀을 흘려가며 춤을 춘다. 이들
은 전문적인 댄서로 보였는데, 밤에 있을 공연 때문에 연습을 하는 것
같아 보이지 않았다. 그저 재미나고 신이 나서 흐르는 음악에 맞추어 몸
을 그냥 풀어 놓은 듯이 움직인다. 바람에 흩날리는 수양버들마냥 자유
롭고 흥에 겨워 몸을 흔든다. 실수를 해도 웃고, 호흡이 잘 맞아도 웃고,
춤을 추는 내내 웃음이 떠나지 않는다. 아마도 이들 모두는 자신들이 좋
아하는 것을 직업으로 찾은 듯싶다. 그렇지 않으면 아주 낙천적인 성격
이거나….

무대와 객석엔 등나무 넝쿨이 엉성한 그림자를 내려뜨리고 있었는데,
무대 벽의 색이 코발트블루에 가까워서인지 마치 바다 속에서 춤을 추고
있는 듯이 보였다. 그림자와 색깔도 그렇거니와 난이도가 높은 동작들을
아무렇지도 않게 해내는 통에 물속을 유영하는 것 같아 보인다. 비디오

물속에서 움직이듯 자유로이 춤추는 사람들. 맘보 리듬과 함께한 흥겨운 한때.

아티스트 빌 비올라^{Bill Viola}의 작품 중에 'The Crossing' 이라는 것이 있다. 이 작품에선 사람이 매우 느리게 움직이는데, 물속에서 이뤄지는 동작과 표정이 매우 인상적인 작품이다. 맘보 리듬에 맞추어 춤을 추는 이들을 보며 'The Crossing' 을 떠올렸다. 시멘트 바닥에 발을 딛고 있으면서도 자유롭고, 작가의 연출이 없음에도 불구하고 완성도 또한 떨어지지 않는다. 그리고 여기엔 나의 취향도 다분히 섞여 있는데, 몸을 움직여 자신이 지니고 있는 것을 표현해 내는 이들에게 후한 점수를 줌과 함께 부러움을 느끼기 때문이다. 춤은 다른 장르가 주는 감동과는 다른 그것

을 훌쩍 넘어서는 느낌이 있다. 그리고 결코 반복되어 질 수 없는 행위에 더욱 몰입하게 된다. 쿠바 사람들도 우리나라 사람들처럼 '흥'을 가지고 있는 게 분명하다. 맘보 리듬을 들으며 빠져나오는 길, 어깨를 들썩이며 살랑대는 걸음을 옮긴다.

길에서 만나는 건물들

걷기 좋은 시간은 역시 이른 아침, 오래 신어서 길들여진 신발과 함께 집을 나선다. 공기도 맑고 새로운 하루를 시작하는 사람들의 활기도 느낄 수 있다. 해가 기울기 시작하는 오후시간도 좋은데, 이때는 특히 광선이 좋아 어디를 가나 그럴싸한 분위기에 젖기 마련이다. 낮게 깔린 붉은 태양이 빛을 뿜어내면, 형형색색의 건물들이 선명한 빛깔로 뽐내는 모습을 보게 될 것이다. 누구에게나 똑같이 이 같은 시간은 주어지지만, 사실 이를 알아차리고 기다리는 사람은 적다. 대부분의 여행이 바쁜 걸음을 요구하지만, 때론 아주 느리게 진행하는 요령도 필요하다. 기다림의 미덕이 진가를 발휘하도록 기회를 줄 필요가 있다. 현재 트리니다드의 많은 집들이 보수 중인데, 전체의 약 25% 정도가 된다. 보수를 마치면 박물관으로 꾸며진다고 한다.

반질반질한 강돌들이 반기는 아름다운 오르막 길, 깔레 시몬 볼리바를

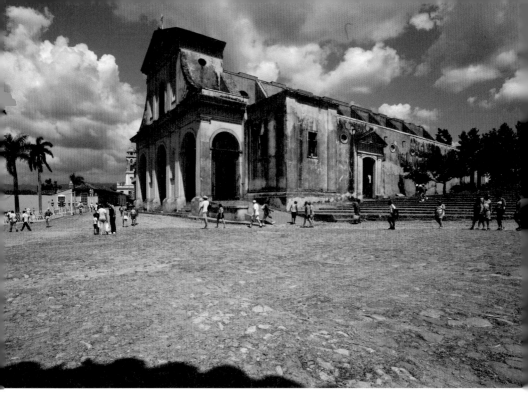

마요르 광장 너머 시원스레 칠해진 파란색의 건축박물관과 그 앞으로 보이는 파로키알 데 라 산
티시마 트리니다드 성당.

걷는다. 이 길을 따라 올라가면 트리니다드에서도 손꼽히는 오래된 건물
들이 있다. 깔레 루벤 마르티네즈 빌레나 Calle Ruben Martinez Villena 와 만나
는 코너의 건물이 까사 데 알데만 오르티즈 Casa de Aldeman Ortiz 이다. 1809
년에 무역업자인 오르티즈가 지은 건물로 나무로 된 긴 발코니가 아름답
기로 소문이 나있다. 1층에는 안토니오 에르 Antonio Herr , 베니토 오르티즈
Benito Ortiz , 후안 올리바 Juan Oliva 같은 쿠바 현대 작가들의 미술품들이 전
시되어 있다. 2층에 오르면 시야가 탁 트이며 대추야자들이 심어진 공원

시내 어디서나 보이는 콘벤토 데 산 프란시스코 교회의 종탑을 향해 걷는 길. 나는 이 시대의
돈키호테를 떠올리곤 한다.

이 나타난다. 공원 뒤쪽으론 작은 광장 마요르 광장Plaza Mayor이 보인다.
대추야자 그늘에 앉아 공원 오른쪽의 건축박물관Museo de Arquitectura
Colonial과 마주한다. 파란 벽에 뚫린 흰 창문들, 가늘게 뻗어 내린 흰 나무
기둥들이 지붕을 받치고 선 모습이 인상적이다.

이 건물 바로 위에 큰 교회가 버티고 서 있는데, 바로 파로키알 데 라
산티시마 트리니다드 성당Iglesia Parroquial de la Santísima Trinidad이다. 세 개의
둥근 아치와 굵은 기둥이 한눈에 봐도 큰 규모임을 짐작케 한다. 신고전

주의 양식으로 지어진 교회는 1892년에 완공되었고, 내부는 신고딕 양식으로 장식되어 있다. 천정은 높고 둥근 모양을 하고 있으며, 성상도 전시되어 있다. 교회와 붙어 있는 계단을 오르면 까사 데 라 무지카 Casa de la Musica가 있는데 여기엔 수세기전 악기들이 전시되어 있다. 계단을 내려와 오른쪽 골목으로 들어가면, 전통 음악을 연주하는 까사 데 라 트로바 Casa de la Trova를 만나게 된다.

교회 앞 광장이 마요르 광장이고, 교회 왼쪽으로 1812년 세워진 낭만주의 박물관 Museo Romantico에는 신고전주의 양식으로 장식된 14개의 방이 있다. 특히 부엌의 타일이 아름답다. 밖으로 나오면 30미터 정도 떨어진 곳에 높게 솟아오른 종탑을 보게 된다. 콘벤토 데 산 프란시스코 교회 Iglesia y Convento de San Francisco는 1813년에 지어졌고, 1853년부터 종을 울리기 시작했다고 한다. 현재는 박물관으로 사용되고 있는데, 기록 사진들과 삽화들도 전시되어 있다.

시내를 걷다보면 언제나 지붕들 위로 솟아 있는 콘벤토 데 산 프란시스코 교회 종탑을 보게 되는데, 종탑으로 올라가는 계단은 오래된 나무판자로 되어 있어서 삐걱대는 소리가 불안감을 주는 동시에 재미를 느끼게 한다. 계단이 매우 낡아 위험해서 종이 있는 꼭대기는 현재 통제돼 있다. 하지만 종탑 중간까지 올라가니 시가지가 한눈에 들어온다. 붉은 기와를 이고 있는 주택들과 구획정리가 잘 이루어진 골목들 사이로 낡은 자동차들이 지난다. 교회 앞마당엔 나무그늘이 덮고 있는 벤치가 놓여있어 휴식을 취하기 위한 관광객들도 모여든다. 교회와 붙은 거리 깔레

▶ 이곳에서 가장 오래된 성당, 에르미타 데 누에스트라 세뇨라 데 라 칸델라리아. 종소리가 아름답기로 이름났었던 성당은 폐허로 스러져가고 있었다.

피로 귀나르^{Calle Piro Guinart}의 담장을 따라 내려가면 담장이 끝나는 지점에서 지구에 광장^{Plaza Real del Jigue}을 만난다. 여기엔 도자기 타일이 아름다운 레스토랑 엘 지구에^{Restaurant El Jigue}가 있다.

더 넓은 모습의 도시과 그 너머의 바다를 보기 위해 더 높은 곳을 향해 올랐다. 길을 물어 도착한 언덕에서 트리니다드의 가장 오래된 교회·에르미타 데 누에스트라 세뇨라 데 라 칸델라리아^{Iglesia Ermita de Nuestra Senora de la Candelaria}를 만날 수 있었다. 마요르 광장 북쪽 언덕에 지어진 교회는 18세기 경 건축 당시 규모가 크고 아름다웠을 것으로 추정되지만, 현재는 너무도 많이 파괴되고 방치되어 있어서 옛 모습을 찾아 볼 수

콘벤토 데 산 프란시스코 성당 너머로 카리브 해의 코발트블루가 하늘과 닿아있다.

없었다. 자료를 통해 훼손된 모습을 대략 예상하고 갔지만, 그보다도 상태가 심각했다. 자료에는 1812년에 세 개의 종이 추가되었다고 되어 있었는데, 현재는 종이 들어가 있던 정면의 아치들만이 흔적으로 남아 있을 뿐이었다. 아쉬운 마음에 언덕을 더 올라가 교회 뒤로 향했으나 실망감은 더해 갔다. 한 가지 변치 않은 것이 있다면, 그것은 아마 교회를 등지고 서서 바라보는 풍경일 것이다. 언덕 아래엔 도시가 넓게 퍼져 있었으며, 그 너머로 푸른 파도가 출렁이고 있었다. 허망한 시인의 감정처럼 마음 한 구석이 부풀어 오른다. 세월은 모든 것을 삼켜 버린다. 과거 이 언덕엔 세 개의 종이 울어대며 아름다운 소리를 마을로 내려 보냈을 것이다. '종의 노래'가 사라진 언덕 마을은 폐허로 변했고, 사람들도 모두 떠나 버렸다. '노래'를 멈추게 한 것은 사람일 테지만, 잘린 노래를 이어 붙이는 것도 사람의 몫일 테니 실망을 추스르려 한다. 나이가 더 들어 이곳에 오게 된다면 아름다운 종소리를 들을 수 있을 것이다. 그렇게 된다면 처음 듣는 소리를 마치 다시 듣게 된 것처럼 기뻐하겠지….

풍경에서 오는 단상들

트리니다드에서는 혁명 선전 문구나 입간판을 찾아볼 수 없다. 호세 마르티의 흉상도 매우 드물다. 산티아고 데 쿠바에서 너무도 쉽게 많이 보았던 혁명의 흔적이 이곳에

선 자취를 감추고 말았다. 이곳은 혁명이 빗겨간 곳일까? 들끓었던 혁명
의 소용돌이가 지난 후 남겨진 흔적들은 어디 있는지…. 지중해의 다른
휴양 도시 마냥 한가하고 화려기만 하다. 또한 이곳의 상인들은 관광객을
다룰 줄 안다. 아울러 본격적으로 상업에 뛰어든 사람들이 부를 얻을 수

시들 것 같지 않던 그 따갑던 열기, 불덩어리 같았을 혁명의 기운이 이곳에서는 느껴지지 않는다.
이제 난 '내 삶의 혁명'에 눈을 돌리려 한다.

있을 듯한 분위기다. 시내는 유럽에서 넘어온 휴양객들로 언제나 활기를
띠고 있다. 이들을 상대로 무엇을 팔든 그것은 쿠바의 평균 소득보단 많은
이득을 안겨 줄 것이다. 입장료를 받는 작은 박물관들과 상점들 주변에선
손님을 태우기 위해 대기하고 있는 릭샤를 어김없이 만나게 된다.

중심가가 성벽으로 둘러싸인 곳이라면, 지대가 낮은 해안가는 성 밖에 해당된다. 이곳엔 10층 높이의 낡은 아파트가 있고, 혁명전부터 소작농을 지낸 농가들이 있다. 들판에는 대추야자, 바나나, 코코넛 나무의 그림자가 드리워져 있다. 화전으로 작물을 재배하는지 까맣게 그을은 농토들을 쉽게 볼 수 있고, 사탕수수밭이 펼쳐진 땅은 민둥산과 교차하며 가난한 풍경을 보여준다. 외곽지역에 밀집해 있는 농부의 집들은 나무판자를 엮어서 만들어졌거나 붉은 기와와 벽돌로 쌓은 것들이다. 시내 중심부에 비하자면 형편없어 보이는 궁핍한 농촌 풍경. 시내에 머물다 이곳에 오니 궁색한 모습에 마음이 편치 않다. 그것은 아주 개인적인 '쿠바에 대한 기대' 때문이다. 가난하지만, 모두 가난해서 비교가 될 수 없는 평등을 보고 싶었던 것은 아니다. 하지만 쿠바에서조차 이렇게 빈부의 차이가 많이 나리라고는 상상하지 못했다. 혁명의 주체는 누구였고, 그 수혜자는 누구여야 하는가?

트리니다드 지방을 벗어나는 경계 지점에도 혁명 문구나 그림, 기념조형물들을 알리는 표지판은 없다. 우기가 되기 전이라 초지가 바짝 말라 있다. 그러니 소와 말들도 마른 땅처럼 앙상하다. 갈비뼈를 드러낸 채 악착같이 풀을 뜯고 있다. 트리니다드가 모두 내려다보이는 마을 뒤 높은 산마루에는 군 기지와 중계소의 모습도 눈에 들어온다. 바다를 조망하며 경계를 서고 있다. 시내 중심부, 그러니까 세계문화유산이 집중적으로 몰려있는 지역의 사람들 옷은 모두 깨끗하고 새 옷을 입고 있는 주민들도 많다. 이 새로울 것 없는 풍경이 왜 이곳에서 눈에 들어왔는가 하면 트리니다드에 오기 전에 쿠바 제2의 도시인 산티아고 데 쿠바를 거쳤기 때문이기도 하다. 트리니다드에선 오리엔테 지역에서처럼 매우 낡은 옷을 입은 사람들을 보기 힘들다. 가난한 쿠바가 아니라, 그냥 물자 풍족한 여느 관광지지와 다르지 않게 느껴진다. '내가 지금 이들에게 가난을 강요하고 있는 것인가? 가난하지 않아서 서운한 것인가?' 속말을 건네며 풍경을 바라보아야 했다. 산티아고 데 쿠바가 속해 있는 오리엔테 지방은 산악지형이 많고 대대로 빈부 격차가 큰 넓은 땅이다. 다수를 차지하는 가난한 농민들은 혁명이 필요했을 것이다. 그에 비해 트리니다드는 좁은 지역이며, 자연 환경도 풍요롭다. 풍족하진 않아도 상대적으로 여유로운 생활을 할 수 있는 지역이었을 것으로 추측된다. 산티아고 데 쿠바가 인도와 비슷하다면, 트리니다드의 중심부는 지중해의 작은 마을과도 같다. 그동안 지나 온 도시들도 나름의 이미지가 있었다. 까마구웨이에는 이탈리아의 몰락한 구시가지 같은 요소가 있고, 바야모는 신흥 계획도시에서 풍겨지는 분위기가 있었다. 마치 일산신도시에 들어섰을 때 받았던 느낌과 비슷했다. 자연 환경과 기후는 삶의 양태를 바꾼다. 환경에 의해 다르게 성장한 것들이 눈에 들어오면, 서로를 비교해 보는 저울질을 해 보게 된다. 값을 매기기 위한 것이 아니었더라도 결과는 값을 제공한다. 트리니다드는 이제껏 지나왔던 곳들 중 가장 풍요로운 곳이다. 쿠바 속에 박혀있는 작은 풍요가 트리니다드이다. 해가 오래토록 지속되는 지역이기도 하다. 수시로 오가는 맑은 공기와 일광 시간이 긴 하루는 사람의 마음을 여유롭게 만든다. 낡기는 했지만 깨끗하게 관리된 폰티액이 내 앞에 놓여있다. 트리니다드의 모습도 이러하다.

Santa Clara

영웅은 누구인가? 공명심 없는 이타심을 실천 하는 이이다. 나의 삶에 혁명이 필요한가?

Santa Clara 산타클라라

영웅들이 잠들어 있는 혁명의 성지

최초의 자유도시

빌라클라라 주 Villa Clara Province 는 쿠바에서 다섯 번째로 큰 지방이다. 동쪽으로 삭티 스피리투스 Sancti Spiritus, 서쪽으로 마탄자스 주 Matanzas Province 가 있으며, 남서쪽으로는 시엔푸에고스 주 Cienfuegos Province 와 경계를 이루고 있다. 빌라클라라의 중심 도시인 산타클라라 Santa Clara 는 다른 도시들에 비해 빠르게 성장한 곳이고, 체 게바라와도 인연이 깊은 곳이다. 1958년 12월 바티스타의 정부군 3천 명과 체 게바라가 이끄는 게릴라 혁명군 3백 명이 전투를 벌였던 곳이다. 수적인 열세에도 불구하고 혁명군은 정부군의 무장 열차를 탈취하는 등의 성과를 올리며 전투에서 승리를 거두었다. 이 전투는 혁명의 과정에서도 매우 큰 의미를 갖는데, 산타클라라가 바티스타 군대로

◀ "20세기 가장 완전한 인간" 당신 또한 얼마나 많은 이들을 죽여야 했소? 모순으로 가득한 세상이구려.

부터 자유를 얻은 최초의 도시가 된 것이기 때문이다. 수많은 젊은이들이 지금까지도 이곳을 찾는 이유 또한 체 게바라 때문이다. 그를 포함하여 볼리비아로 떠났던 혁명 동지들의 시신이 안치되어 있는 체 게바라 기념관이 이곳에 세워졌으며, 이제는 혁명의 성지로 다시 태어났다. 이 지역의 주요 작물 또한 쿠바의 다른 곳과 크게 다르지 않아 사탕수수가 차지하고 있다.

콘돔의 주검

산타클라라의 인상이 그리 좋지만은 않다. 마치 성장을 멈춘 공업도시에 들어선 기분이다. 힘 빠진 위성도시가 지닌 침울하고 어두운 분위기다. 사람들의 표정 또한 쿠바의 다른 지역들에 비해 어두우며 경계심이 묻어난다. '야! 너 우리 동네에 왜왔니?' 라고 하는 듯하다. 쿠바 사람들은 대게 타인에게 호의적이고 유머러스하다. 아름다운 카리브 바다처럼 낙천적이다. 그런데 산타클라라엔 강제 해고된 실직자들처럼 축 처진 어깨를 하고는 힘없는 걸음을 걷는 사람들이 많다. 도시 분위기도 조금 경직되어 있다. 꽃을 파는 상인들과 상점이 열리기를 기다리는 이들로 분주한 아침과 식당 앞과 거리에서 젊은이들이 삼삼오오 모여 수다를 떠는 저녁 정도가 활기를 띠는 시간이다.

시내를 돌아다니다 보면 어색한 풍경을 만나게 되는데, 그것은 길가에 콘돔들이 떨어져 있는 모습. 많이 보이는 풍경은 아니지만, 어렵게 찾아야 하는 모습도 아니다. 길바닥에 떨어진 콘돔은 조금 생뚱맞다. 더구나 전혀 떨어져 있을 만한 곳도 아니다. 그냥 지나는 인도에 버젓이 누워 있다. 주인을 알 수 없는 버려진 시간. 쿠바는 가톨릭 국가다. 가톨릭에선 혼전 순결을 중요시 여긴다. 더구나 유산을 인정하지 않으니 원치 않는 임신을 하게 되면 난감해 진다. 그러니 이 녀석이 한 쌍의 난감함을 막아준 셈이 되는 것이다. 그리고 작렬하게 전사를 한 것이다. 그럼 잘 좀 묻어주지, 전사자를 이렇게 내동댕이치다니…. 사랑의 흔적들마저 비정한 거리를 만들고 있다.

가난한 공간

몇 군데의 까사 빠띠꿀라를 들렀지만, 마땅한 방을 찾을 수 없다. 걸음을 이어갈수록 등짐의 무게감이 가중된다. 걸음은 느려지고 피로는 빠르게 번진다. 겨우 찾아 들어간 숙소이건만 형편없는 수준. 하지만 등짐을 다시 짊어 질 여력이 없다. 침대와 이불은 불결하고, 방 분위기는 오래토록 빛이 안 들었던 지하실마냥 침울하다. 주인 여자도 돈을 벌기 위해 민박을 하는 것일 텐데, 어찌 마지못해 꾸며놓은 방 같은 것일까? 지저분한 이불과 땀을 씻어내기 불편한 샤워시설, 더러운 주방 때문에 실망한 것은 아니다. 그동안 여러 나라의 여행을 통해 이곳보다 훨씬 더 불편하고 불결한 곳에서도 수없이 많은 잠을 자왔었다. 오래토록 많은 이들이 덮었을 이불이 편안한 잠을 선사했고, 이빨 빠진 식기가 배를 채워 주었으며, 삐걱거리는 의자가 휴식을 안겨다 주었었다. 외견상으론 이곳과 전혀 다르지 않은 곳에서 많은 밤을 보냈었다. 오히려 이 집의 물건들이 더 풍족함에도 불구하고, 심사는 편치 못하다. 그 이유는 이 집안에 '희망'이 없기 때문이다. 어느 곳에서도 밝은 기운을 찾아 볼 수 없다. 여기저기서 주워온 살림들은 방의 구색을 맞추느라 어색하게 자리를 차지하고 있을 뿐, 주인의 손길이 닿은 흔적을 전혀 느낄 수 없다. 낡은 물건이라 하더라도 주인의 애정이 들어간 것들은 다르다. 그래서 객들 또한 함부로 다루지 않게 된다. 가난한 사람의 집에선 가난이 보인다. 그것이 당연하지 않은가? 하지만 의지가 없는 가난은 희망 없는 집을 만든다. 지금 나는 가난만으로 가득

▶ 이곳에서도 아침은 가장 활기를 띠는 시간이다. 등교하는 아이들과 출근을 서두르는 이들이 교차한다. 아침나절에 만난 꽃장수에겐 시간이 더 필요할 듯하다.

채워진 방에 누워있다. 시간이 무진장 빠르게 흘러 어제보다 빨리 동이
터오길 바라는 심정으로 잠을 청해야 하는 것일까? 휴식을 위한 잠은
멀어져만 간다. 몇 병의 맥주를 연거푸 마시며, 잠을 부른다. '맥주야!
고맙구나!'

일회용은 없다

아침식사를 하기 위해 나선 거리
에선 분주함이 느껴진다. 어느
나라나 이 시간 때만 느낄 수 있
는 기분 좋음이 있다. 식당을 찾아 나섰지만 그리 쉽게 눈에 띄지는 않는
다. 빵을 파는 것 같아 들어가 보니 사람들이 줄을 서 있다. 모두들 작은
종이를 가지고 와서는 빵을 사간다. 한 사람당 일정하게 배급이 이루어
지고 있다. 나는 배급표가 없는 외국인! 배급표를 보고 있으니 시장 끼가
더 돌고, "꼬르륵!" 소리마저 동반한다. 배고픈 토끼가 되어 깡충깡충!
뛰어든 곳은 작은 식당. 관광객들은 없고, 현지인들뿐. 졸지에 출근길 허
기를 달래고 있는 이들에게 구경거리를 제공하고 말았다. 메뉴는 별게
없다. 빵과 음료, 햄과 익힌 돼지고기 정도. 햇살이 잘 들어오는 테이블
에 앉아 옆 테이블에서 플라스틱 꽃도 옮겨 온다. 10여 분이 흐른 후 음
식이 나왔다. 미끌미끌하고 얇은 파란 플라스틱 접시에 담겨 나온 음식
옆엔 흰색의 일회용 포크가 얹어 졌다. 우리는 많은 것들을 일회용이라

▶ 물질이 풍요로워 질수록 낡아서 버려지는 물건은 흔치 않다. 병의 허리를 잘라 만든 컵이
이채롭다.

고 부르지만 쿠바에선 일회용이란 매우 드물다. 생각보다 일회용의 생명이 길다는 것을 쿠바에 와서 확인하게 된다. 거의 모든 것이 다시 쓰이고 있으니, 쿠바엔 일회용이 없는지도 모른다. 먹어서 없어지는 것 말고는 없지 않을까 싶다.

빵과 햄만으로 아침을 먹은 지도 며칠이 되다보니, 팍팍한 빵 만큼이나 식사시간이 팍팍해진다. 때마침 음료수가 나오긴 했지만 그리 도움이 되지 못했다. 물 없이 먹던 알약을 물과 함께 먹는 정도다. 마치 아침밥을 약으로 먹는 기분이다. 스님들이 식사를 하는 것은 배를 채우기 위한 것이 아니고, 몸을 지탱하는 약으로 먹는 것이라 들었다. 그래서 식탐을 경계한다고…. 허긴 약을 배불리 먹는 경우는 없으니까. 그러나 나는 중생이다. 더구나 식욕도 좋다. "나무 관세음보살." 음료수를 먹으려고 컵을 손에 드니 모양이 예사롭지 않다. 어딘가 모르게 조금 어색하다. 소위 2퍼센트가 부족하다. 아! 이런? 이 컵의 본래 용도는 '병'이었던 것이다. 유리병의 허리를 잘라 유리컵으로 만든 것이 아닌가? 참 기발하지 않을 수 없다. "컵은 컵이요, 병은 병이다! 컵은 컵이 아니요, 병은 병이 아니다! 컵은 컵이요, 병은 병이다!" 어디서 많이 듣던 말이 생각나는 대목이다. 아침의 낮은 햇살이 유리컵을 통과하며, 오렌지와 초록빛 그림자를 만든다.

죽은 자를 만나러 가는 설렘

'20세기 가장 완전한 인간'이라는 체 게바라! 이는 남미 청년들의 말이 아니다. 프랑스의 철학자 사르트르가 체 게바라를 가리켜 한 말이다. 그는 누구의 우상인가? 쿠바인? 아르헨티나인? 남미인들? 사회주의자들? 그렇지 않다. 체는 꿈을 가진 자들의 도착점이다. 현재까지도 그를 넘어선 이상주의자는 없다. 자신의 신념과 노력으로 헌신한 젊음의 깃발이 체 게바라다. 원래의

이름은 에르네스토 게바라로 1928년 아르헨티나의 로자리오에서 태어났다. 스페인-아일랜드계 출생으로 중산층에서 태어난 그는 경제적으로도 큰 어려움 없는 유년 시절을 보냈지만 천식이라는 건강상의 문제가 있었다. 우리말에도 천식은 죽을 때까지 따라다닌다고 하지 않던가? 때문에 어려서부터 운동을 많이 하며 체력을 길렀다고 하는데, 막상 죽을 때까지 시가를 입에 달고 살았다고 하니 아이러니하다.

그의 이름처럼 되어 버린 '체^{Che}'라는 호칭은 원래 아르헨티나어로 "hey, man!"이라는 뜻이다. 게릴라 활동을 시작하면서부터 그는 동지들을 부를 때 'Che!'라는 말을 썼고, 이를 들은 쿠바의 동료들도 그를 부를 때 'Che!'라고 하여 굳어졌다. 그의 상징은 베레모와 수염. 다섯 개의 별이 달린 모자에는 그의 서명이 되어 있었으며, 수염이 많은 사람을 뜻하는 '바르부도스^{Barbudos}'는 모든 혁명군들의 대표적인 모습이기도 했다.

▲ 체 게바라 기념비의 뒷면에 새겨진 그외 동지들의 혁명 루트. 지금도 진행형인 쿠바 혁명

 그가 혁명의 길을 걷게 된 동기는 모터가 달린 자전거를 타고 라틴아
메리카 여행을 하면서부터다. 과테말라의 사회주의자들이 정부를 뒤엎
는 것을 목격하고는 당시 라틴아메리카에서 혁명의 기운이 가장 활발하

던 멕시코로 향한다. 이곳에서 피델 카스트로를 만나 게릴라 군에 동참했고, 1956년 12월 2일 그란마 상륙에서 살아남은 17인의 반란군 중 한 명이 되었다. 무모하리만치 열세인 전쟁을 이끌며 그는 최고의 지휘관으로 거듭 났고, 많은 이들이 그와 함께 여생을 함께 하며 헌신했다. 1958년 12월 산타클라라에서 있었던 중요한 전투에서 체 게바라는 바티스타의 독재를 마무리 짓는 큰 승리를 거두었다. 혁명이 성공한 후 피델 카스트로는 체 게바라를 염두에 둔 법령을 선포했는데, "독재에 저항하는 반군으로 2년간 무장투쟁에 참전하고, 반군 사령관 계급이었던 외국인은 쿠바 국적을 취득할 수 있다"라는 내용이다. 이 조건으로 체 게바라는 쿠바 국민으로 선포되었다. 이후 수천 명의 반민족주의자들에게 실형을 구형하는 임무를 맡게 되었고, 그들에게 사형을 선고하며 이렇게 말했다. "혁명의 정의는 진정한 정의이며, 사형 선고는 옳은 행위이다." 체 게바라는 소련과 협정을 통해 농업 개혁을 주도하였으며 국립은행 총재와 재경부 장관을 역임하며 경제 정책을 이끌었다.

체 게바라는 혁명을 이어가기 위해 1965년 비밀리에 콩고로 떠났다. 그는 쿠바 시민권을 포기하고 콩고에 있는 혁명군들과 합류했지만 혁명은 실패하고 만다. 그 후 혁명의 이상을 안고 다시 볼리비아로 향했다. 그러나 1967년 10월 8일 생포되어 다음날인 10월 9일 볼리비아 군대에 의해 사형되어 암매장 되었다. 그가 처참하게 살해당한 후 피델 카스트로는 텔레비전을 통해 쿠바인들에게 에르네스토 체 게바라의 죽음을 공식적으로 알렸다. 10월 17일 아바나의 혁명 광장에는 그를 추모하기 위한 인파가 100만 명 이상 모여 들었고, 그를 애도하는 울음이 끊이지 않았다.

우상은 누가 만드는가? 스스로를 위해 쌓은 성은 그 자신의 몸이 죽는 동시에 사라지고 만다. 체 게바라를 우상으로 만든 이들은 쿠바 사람들이 아니다. 씨앗이 쿠바에서 퍼져나갔을 뿐이다.

산타클라라에는 그를 추모하는 거대한 동상과 비문이 있다. 그리고 그의 무덤도 함께 있다. 죽은 자를 만나러 가는 길은 설렘으로 가득하다. 멀리 그의 동상이 눈에 들어오자 발걸음이 잠시 멈추어진다. 우리는 누구나 혁명가다. 각자의 삶이 혁명의 대상이며, 과정이다. 그가 남을 위해 치열한 삶을 선택한 것은 아닐 게다. 그가 곧 타인이며, 타인이 곧 자신이라고 여겨졌기 때문일 것이다. 혁명은 죽지 않는다. "체처럼 될 것이다 Seremos Como Che." 이 말은 그가 죽임을 당한 순간부터 혁명을 이어가고 있는 많은 이들에게 회자되는 잠언 같은 것이 되었다. 이것은 단순히 제국주의와 독립전쟁을 치르고 있는 이들만의 구호가 아니라 꿈을 가진 많은 젊은이들의 마음에 각인된 메시지이다. 나약하기만한 인간이 스스로를 극복하고 이타주의를 실천한 것을 본받으려는 슬로건이다. 쿠바를 방문한 이들 중 그의 무덤에 고개를 숙이는 이들은 살아있는 신화를 추종하려는 이들이다. 세계사의 흐름을 바꾸려는 원대한 포부는 아니더라도 개인의 역사를 극복해 나가려는 마음을 품은 젊은이들이 세계 각지에서 꼬리를 물고 있다.

체 게바라 기념관 Memorial Comandante Enesto Che Guevara 을 보고 있자니, 웅장하게 건립된 이 기념물의 크기가 체 게바라를 잃어버린 '슬픔의 크기'처럼 다가온다. 기념관 안에는 체를 비롯한 그의 동지들의 얼굴이 부조로 만들어져 있었다. 그리고 그의 부조는 눈에 띄는 모양이나 크기로 제

작된 것이 아니었다. 그저 다른 이들과 똑같은 모습이었다. 특권의식이나 대접 받는 것을 배척하며 살아온 그의 성품을 후인들이 잘 이해하고 있는 듯했다. 더 안쪽에는 꺼지지 않는 불꽃이 타오르고 있어서 그와 함께 했던 혁명군들의 의지를 상징하고 있었다. 따로 마련된 1층 전시실에 들어서니 체 게바라의 의사 면허증과 자필 문서들, 게릴라전에 사용했던

▲ 아스따 라 빅또리아 씨엠쁘레, 영원한 승리의 그날까지….
▶ 혁명의 열매를 충실히 가꾸는 것은 다음 세대의 몫. 'Parque Leoncio Vidal' 섬사각형
모양의 중앙공원을 스페인의 고건축물들이 빙 둘러치고 있다.

무기류와 그의 사진들이 연대별로 전시되어 있었다. 이 외에도 군복을 비롯한 많은 전시물들을 볼 수 있었다.

도미노는 즐거워

청명한 하늘이 우리나라의 가을
날을 떠올리게 한다. 적란운들이
이따금씩 출몰해 떠다닌다. 달구
어진 거리를 걷는 동안 구름 그림자가 떨어진 곳엘 들어가게 되면 순간
적으로 양산이라도 받치고 선 느낌처럼 시원해진다. 하지만 바람을 따라

떠도는 구름은 생각보다 빠르게 이동한다. 구름 양산이 걷힌 거리엔 삽
시간에 다시 열기가 찾아 든다. 도로 양편에 늘어선 주택들에 떨어진 태
양은 면도날처럼 날카로운 그림자를 만들어낸다. 그림자는 집과 골목,
아스팔트를 지나며 이것들을 직선으로 갈라놓는다. 마치 치즈 케이크를
자르듯 냉정한 분할선이 생겨나고, 도로의 반은 시원한 어둠이 되고, 그
반대편은 미치도록 뜨거운 햇살이 내리 꽂는다. 그러니 이럴 땐 건물 벽
에 바짝 붙어 그림자 속에 숨어 걷는 것이 상책이다. 정오의 태양이 내려

◀ 치즈 케이크를 자르는 것 마냥 정오의 태양은 경계가 뚜렷한 그림자를 만든다. 달콤한 낮잠,
시에스타를 즐길 시간이다.
▲ 평범한 삶을 살기 위해 죽을힘을 다해 노력했던 쿠바 혁명 세대들의 한가한 모습. 이것이 체
게바라가 그토록 바랐던 자유의 한 단면이리라.

도미노를 즐기는 혁명 1세대들. 청춘은 시들어가지만 마른 잎으로 떨어지기 전 가장 아름다운 빛깔을 내보인다. 이들처럼….

다보고 있는 산타클라라 도심은 눈이 부시다. 거리를 걷는 이들이 뜸하고, 마차와 자동차들만이 분주하다. 모두들 정오의 더위를 피해 낮잠이라도 자고 있는 것일까?

벽에 붙어 터덜터덜 걷다가 들여다보게 된 창문 안쪽, 나이 지긋한 어

른들이 모여앉아 무엇인가를 손에 쥐고는 놀이를 하는 모습이 눈에 든다. 웃는 모습도 보이고, 이따금씩 소리도 지른다. 호기심이 발동해 건물 안으로 들어섰다. 실내에 놓인 여러 개의 정사각형 테이블마다엔 사람들이 둘러앉아 주사위 같은 것을 손에 쥐고 있었다. 저마다 심각한 표정으로 다른 이들의 눈을 피하기 위해 주사위들을 몸 안쪽으로 바짝 당긴 채 응시하고 있다. 처음에는 마작인가 했는데, 알고 보니 도미노를 즐기고 있는 것이었다. 55개의 도미노 패가 테이블에서 돌아다니는 짧은 시간 동안 게임을 즐기는 이들의 표정은 시시각각 변한다. 놀이에 불과한 것인데도, 엉덩이를 들썩이며 흥분한 소리를 지르는 이가 있는가 하면, 시종 웃음을 짓는 이도 있다. 하지만 모두들 상대방의 패를 주시하며 눈동자를 굴리기는 마찬가지.

　낡은 도미노 게임장 벽에는 그보다 더 낡아 보이는 사진들이 붙어 있다. 수염만으로도 알 수 있는 피델 카스트로와 베레모를 쓴 체 게바라의 모습이 한 눈에 든다. 혁명이 성공한 날을 생생히 기억하고 있을 혁명 1세대들은 이제 늙은이들이 되어 버렸다. 푸르렀던 청춘이 물기 마른 가을 낙엽처럼 푸석해 지고 있다. 독재자 바티스타를 향해 칼을 들었을 손에는 이제 도미노 패가 들려 있고, 서슬 퍼랬을 눈동자에선 혁명의 불꽃을 찾아 볼 수 없다. 그야말로 '동네 아저씨'가 되어버린 과거의 혁명 전사들을 바라보는 동안 세월의 무상함을 짐작케 된다. 이 같은 일상의 소소한 풍경을 찾기까지 근 500년이 걸렸다고 생각하니, 내 앞에 앉아 있는 노인들이 존경스럽다. 게임 구경을 하며 셔터를 누르고 있는데, 한 어르신이 "사진을 받아 볼 수 있냐?"고 물었다. 나는 쾌히 수락을 했고, 그의 주소와 이름을 받아 들었다. 카메라를 든 여행자라면 쿠바 여정 중에 이 같은 경우를 심심찮게 겪게 될 것이다.

테이블에 놓인 도미노 패가 비록 상아로 만든 골패는 아니었지만 꽤 근사해 보였다. 플라스틱으로 만들어진 패, '본^{bone}'은 손때가 묻어 달아 버린 둥근 모서리에서 윤이 나고 있었다. 마치 주름 옴폭 패인 얼굴처럼, 흐물흐물한 피부의 손 마냥 윤이 나고 있었다. 그 손을 들어 게임장을 나서는 내게 인사를 건넨다.

산타클라라를 등지고

산타클라라에 온 가장 큰 이유는 체 게바라를 만나기 위함이었다. 이제 그와의 짧은 조우를 마치고 이 성스러운 도시를 떠나려 한다. 택시를 타고 플라야 히롱으로 가기로 결정했다. 우리의 몰골은 지친 여행자의 것이었지만 만족스런 저녁식사를 한 탓에 표정만은 의기양양한 돈키호테마냥 웃고 있었다.

우리를 태우고 갈 택시기사가 식당 앞에 도착해 있었지만, 막상 어디서도 택시를 찾을 수 없었다. 정식으로 운행 허가를 받은 택시가 아닌 개인용 승용차였기 때문에 구별을 할 수 없었던 것이었다. 노을이 찾아든 시간이라 조금 망설여지기는 했지만, 밤이 더 깊어지면 더욱 난감해 지는 처지. 일전에 삭티 스피리투스에서 트리니다드까지 택시를 타고 갔던

대부분의 상점은 바쁘지 않다. 진열대 또한 헐렁하긴 마찬가지.

경험도 있는 터라 웃음을 지으며 택시기사와 악수를 나눴다. 20대 중반 정도 되어 보이는 기사는 그를 둘러싼 또래 친구들의 부러움을 받으며 시동을 걸었다. 그는 돈벌이가 생긴 쿠바 청년이 된 것이다. 그것도 목돈의 달러를 현찰로 받게 되었으니, 친구들의 부러움을 살 만 했다. 시종 콧노래를 부르며 운전대를 잡은 그가 기름을 넣기 위해 도착한 곳은 주유소가 아니었다. 시내와 가까운 변두리, 어느 집 앞에 도착한 그는 차에

장거리 운전으로 달러를 벌게 된 택시기사는 밤새 친구들과 음주가무를 즐기겠노라고 한다.
고속도로는 넓으나 오가는 차는 드물다.

서 내렸다. 그의 또 다른 친구로 보이는 이가 한 말 짜리 플라스틱 기름
통을 가져와서는 차에 기름을 가득 채워 넣었다. 그리고 한 말 정도의 여
유분 기름통을 트렁크에 실었다. 졸지에 불법 운행과 불법 주유에 동참
하게 되었고, 그 비용을 대고 말았다. 구렁이 담 넘어가듯 순차적으로 이
루어진 일이라 따지고 할 생각도, 의지도 없었다. 어쩜 가끔은 규칙에서
벗어나는 것을 어색해하지 않는 나의 성격과도 맞았을 것이다. 먹이로

배를 가득채운 낡은 차는 헛기침을 내며 힘차게 달려가기 시작했다.

　고속도로와 국도를 번갈아 오르내리며 달리는 길. 4차선 고속도로와 국도는 야간운전을 하기에는 적당치 않다. 속도를 줄이지 않고 달리는 자동차들과 교차하며 마주치는 상대편 자동차의 불빛이 눈을 너무도 괴롭힌다. 넓고 빠른 도로임에도 불구하고, 가로등이 없는 구간이 대부분이기 때문에 운전이 쉽지 않아 보인다. 더구나 자정이 지나면 운행하는 차가 매우 드물기 때문에 앞서가는 차를 따라가는 것도 기대할 수 없고, 마주 오는 큰 트럭들은 상향등마저 키고 다닌다. 이러한 야간운행의 불편함에도 불구하고 나는 쿠바의 밤길을 좋아한다. 어둠을 가르며 달리는 것이 내겐 마치 없던 길을 만들어 가며 달리는 느낌을 주기 때문이었다. 그리고 차창 안으로 거칠게 밀고 들어오는 날파람이 얼굴에 닿고, 소매로 들어와 몸을 감싸는 것이 좋다. 공기가 갈라지고 밀리는 소리, 언제나 자유로이 오가는 바람. 그리고 온갖 냄새들이 좋다. 야간 이동은 여행일정을 알뜰히 쓰기 위해 선택한 방법이었지만, 시간을 줄이는 것 외에도 내겐 이 같은 즐거움이 있어서이기도 하다.

　가열된 엔진을 식히기 위해 고속도로 휴게소에 들었다. 그리고 가이드북을 꺼내 플라야 히롱에 있는 몇몇 숙소에 전화를 넣었으나, 마땅한 잠자리를 구하진 못했다. 하지만 불안한 마음은 들지 않았다. 무작정 출발하긴 했지만, 이도 여행의 매력이니 충분히 즐기고 싶었다.

　자정을 넘기자 어둠 속으로 작은 마을의 형체가 어스름하게 느껴졌다. 창으로 들어오는 냄새도 바뀌었는데, 소리는 들리지 않았지만 분명 바다 냄새가 코를 자극하고 있었다. 달빛과 운전사의 시력에 의지해 마을 안으로 들어섰다. 몇 군데의 까사 빠띠꿀라를 거친 후 숙소를 얻을 수 있었다. 내가 운전사에게 교통비를 건네자 그는 너무도 좋아하며 입이 다물지 못했다.

"이 돈으로 뭐 할 거니?"

"디스코텍 가야지! 아까 나와 함께 있었던 내 친구들이 지금 나를 기다리고 있거든."

"꽃을 사서 여자 친구에게 한 번 가보지 그래?"

"그녀 말고도 애인이 한 명 더 있어. 오늘 밤은 이 돈으로 신나게 놀 거야!"

웃음이 한가득 번진 그의 얼굴에는 몇 시간 후의 기대감이 넘쳐 나고 있었다.

대답을 들으며 나의 20대를 떠올렸다. 정해진 길에서 크게 벗어나지 않고 살아왔던 시간. 나는 이이처럼 행동해 본 적이 없다. 아마도 저축을 하거나, 필요한 장비를 구입하거나 했을 것이다. 한번쯤은 번 돈을 몽땅 친구들과 어울려가며 써보는 치기도 부려 볼만 했었는데…. 운전사의 철없어 보이는 행동이 밉게 보이지는 않는다. 젊음이란 치기도 있고, 배짱도 있고, 애인도 있고, 친구도 있어야 하지 않을까? 나는 가끔 일탈을 즐긴다. 아마 운전사도 일탈을 하고 있었을 것이다. 그렇지 않고 매일 일탈을 반복한들 어쩌겠는가? 그가 그인 것을….

Playa Giron

눈으로 훤히 들여다보이는 바다 속엔 제법 큰 물고기들이 노닌다. 이를 잡기 위해선 미끼도
낚싯대도 필요치 않다. 바늘과 실만 있으면 족하다.

Playa Giron 플라야 히롱

에메랄드빛 바닷가의 가난한 어부와 언덕 위의 부자들

천혜의 낙원

플라야 히롱^{Playa Giron}은 마탄자스^{Matanzas} 지방 남쪽에 있는 작은 해안 도시이다. 히롱은 아름다운 해안선을 가진 곳이지만 미국의 쿠바 침공으로 더 유명한 곳으로 '플라야'라는 말은 호수나 늪이 말라버린 뒤 땅 표면이 드러난 평평한 평야를 가리킨다. 플라야 히롱의 지명은 이곳을 자신의 도피처로 사용한 프랑스 해적 길버트 히롱^{Gillbert Giron}의 이름을 따 1600년대 후반에 지어졌다.

이곳에는 이름난 해안이 많지만 사람들은 그 중 플라야 라르가^{Playa Larga}를 많이 찾는다. 모래의 질감이 좋고, 해안선도 긴 편이다. 그리고 해변과 이어진 호텔이 들어서 있어 휴가를 보내기에 안성맞춤이다. 플라야 히롱에서 해안도로를 따라 서쪽으로 5, 6 킬로미터 달리다 보면 구에바

◀ 늪지가 많은 이 지역에는 악어가 서식하는데 이를 이용해 관광객을 유지하고 있다.

Gueva de los Peces는 스노클링하기 매우 적당한 바다. 그리고 숲속에선 바다와 연결된 물웅덩이도 만날 수 있다. 장기체류를 하는 유럽인들도 종종 있다.

데 로스 페세스^{Gueva de los Peces}라는 곳에 닿게 된다. 이곳은 스노클링하기에 매우 좋은 곳인데, 도로와 바로 붙어있어서 주차를 시켜 놓고 옷만 갈아입으면 될 정도다. 내국인들보단 주로 유럽인들이 즐겨 찾는 곳이다. 그리고 길을 건너 숲속으로 10분 정도만 들어가면 물웅덩이가 나타나는데, 물은 지하를 통해 바다와 연결되어 있다. 이곳 또한 물이 매우 맑아 한가롭게 노니는 열대어들이 손에 잡힐 것만 같다. 파도가 없으니 물도 잔잔해서 스노클링 하기에 좋다. 웅덩이의 중심으로 가면서 물은 점점 깊어진다.

플라야 히롱의 초지는 그동안 지나 왔던 동쪽보다 비옥한 편이다. 초록이 덮인 평원으로 살이 오른 소와 말의 모습도 보인다. 이곳 사람들은 따뜻한 기후와 한적하고 여유로운 생활을 누리고 있는 것처럼 느껴진다. 낡은 옷을 입은 사람이나 물건, 낡은 차들도 적은 편이다. 그리고 일조량이 많아서인지 미국인들을 포함한 많은 서양인들이 이곳에 장기간 머물며 휴가를 즐기기도 한다. 도시는 굴곡 없이 평탄하고, 해안도로 또한 잘 닦여 있어서 자전거 하이킹을 즐기기에도 좋은 편이다.

비싸지는 숙박료

산타클라라에서 2시간 걸려 플라야 히롱에 도달한 시간은 저녁 11시가 조금 넘은 시간. 택시비를 받고 아이 같은 표정을 지었던 운전사는 불이 나게 떠났다. 까사 바띠 꿀라의 숙박료는 1박에 30CUC, 아침식사가 포함된 가격이다. 이제까지 들렀던 곳들은 모두 1박에 25CUC이었는데, 5CUC 차이가 나는 것이다. 승준이 말로는 택시기사에게 주인이 따로 소개료를 주는 것 같다고 한다. 결국 소개료도 우리의 숙박비에 포함시킨 것이다. 내 기억에 산티아고 데 쿠바에서도 소개료를 주는 것 같았지만, 방값엔 변함이 없었다. 그러니 이곳 물가가 조금 비싼 것은 사실이다. 지금까지 겪은 바로 외국인의 경우 물가는 우리나라의 80퍼센트 정도 수준이었다.

깨끗하게 정돈된 방엔 두 개의 침대가 놓여 있다. 어젯밤 잠을 청했던 산타클라라의 성의 없는 숙소에 비교되지 않을 만큼 너무도 기분 좋은 방. 덕분에 비싼 숙박비에도 플라야 히롱의 첫인상에 후한 점수를 주게 되었다. 수영장에 다이빙을 하듯이 몸을 던지니 스르르 눈이 감기려 한다. 점점 가라앉는 몸을 일으킨다. 이럴 땐 물고기마냥 부레가 있었으면 얼마나 좋을까 싶다. 졸린 눈을 비비며 양말을 벗으니 발에 잡힌 물집이 인사를 건넨다.

"네가 나를 이렇게 만들었지?"

"허허! 이 정도로 투정을 부려? 그동안 편하게 여행했구면. 조금 기다려봐!"

다리를 절며 방문을 열고 나갔다. 한밤중에 바늘과 실을 달라고 하니 영문을 알 리 없는 주인아주머니는 쉽게 이해하지 못했다. 그녀에게 그림을 그려 가며 설명을 한 후에야 바늘과 실을 얻을 수 있었다.

"역시 말보단 그림이 빠르군!"

실이 꿰어진 바늘이 물집을 관통했다. 한 두름은 되지 않지만 굴비 엮듯이 고리를 이어가며 물집 두름을 엮는다. 산타클라라에서 조금 많이 걸었다고 이리 투정을 하나 보다. 누가 보면 얼마나 우스울지. 발바닥에 실을 꿰어 둔 채 오전 2시에 잠을 청한다.

씨도둑은 못한다

손에 잡히는 침대 시트의 촉감이 좋다. 따뜻함과 상쾌함이 동시에 느껴진다. 침대에서 이리 뒹굴 저리 뒹굴 굴러다닌다. 늦은 아침의 기상임에도 참 아쉽기만 하다. 창문을 여니 맑은 공기가 실어 나르는 짠내로 바다가 지척임을 대번에 느낄 수 있다.

아침을 챙겨 주겠다는 주인아주머니의 말을 들으니 게으른 놈의 수발을 들게 하는 것 같아서 괜히 미안해진다. 눈곱을 간신히 떼어낸 후 빵 굽는 냄새가 진동하는 주방으로 들어가니 따뜻한 빵과 우유가 인사를 한다. 커피까지 챙겨 먹고 뒤뜰로 나가니 닥스훈트 두 마리가 돌아다닌다.

아주머니 말로는 새끼와 어미라는데, 몇 번을 들어도 어떤 놈이 어린놈
인지 알 수가 없다. 그러다 좋은 방법이 생각났다. 아주머니에게 잠시 기
다리라는 신호를 보냈다. 나의 장난 섞인 눈짓의 의미는 이런 것이다. 끈
에 나뭇잎을 묶어서는 닥스훈트 한 놈을 잡아 꼬리에 달아 주었다. 그랬
더니 그녀가 막 웃으며 나뭇잎을 단 녀석이 어미라고 일러 준다. 꼬리를
흔들 때마다 나뭇잎이 흔들리니 얼마나 웃기던지. 한동안 뒤뜰에서 웃음
이 넘쳐났다. 그때 학교를 가려는지 한 꼬마가 주인아저씨에게 인사를
한다. 녀석은 손자였는데, 할아버지를 쏙 빼다 박았다. 그때 마침 꼬마의

아버지가 나왔는데, 예상대로 세 사람의 얼굴이 정말 판박이다. 붕어빵처럼 닮았다. 나는 조금 전 '닥스훈트 사건'이 생각나서 웃음을 참지 못했다. "하하하!" 그러면서 속으론 '나뭇잎을 다시 찾아봐야 하나?'라는 엉뚱한 생각을 이어 갔다. 옛말에 "씨도둑은 못 한다"는 말이 있다. 다정한 모습의 삼부자를 보고 있으니, 어쩜 그 말이 이리 딱 맞는지…. 아비의 용모와 성격이 자식에게 이어지고, 다시 그 다음 자식에게 이어지는 것은 당연한 것이긴 하지만 생각할수록 신기하다. 그렇다면 부모가 세상을 떠나도 자식의 몸 안에 그의 부모가 살아있는 것이다. '씨'는 새로운 생명이며, 동시에 유전자를 공유하는 '가계도'의 근원이다. 그래서 'family tree'라고 하나 보다. 아침부터 한 바탕 웃음으로 시작되는 것을 보니, 좋은 일이 생기려나 보다.

해바라기

하얀 모래를 바라보는 눈이 따갑다. '이럴 줄 알았으면 선글라스를 가지고 나오는 건데….'

숙소가 지척이지만 지금은 한 발자국도 양보하지 않고 싶다. 그늘진 나무 밑동에 우두커니 앉아 눈이 부시도록 푸른 하늘을 올려다본다. 구름마저 없었다면 깊이를 잴 수 없었을 것이다. 한 친구는 이런 말을 했었

다. "새가 나는 것은 하늘의 깊이를 잴 수 있게 하기 위해서이다." 새삼 그 말이 생각날 만큼 하늘은 깊다. 우리나라의 가을 하늘이 높다고들 하지만 최근에는 그런 하늘을 본 적이 없다. 하지만 지금 이곳에서 바로 그 잃어버린 봄과 가을의 하늘을 만난다. 이런 하늘을 보고 있으면, 면도날이라도 꺼내어 깊은 하늘을 긋고 싶어진다. 너무도 맑고 푸르러서 슬픈 감정마저 든다.

> 지평선에 누운 채
> 너의 머리카락은 숲으로 사라진다
> 너의 발이 내 발을 만진다.
> 자고 있으면 너는 밤보다 더욱 크고
> 그러나 너의 꿈은 이 방에 찬다.
> 그렇게도 작으면서 그렇게도 큰 우리!
> (중략)
> 내일은 진정 다른 날이 올까?

어딘가로 흘러갈지 모르는 나의 마음은 옥따비오 빠스의 '마지막 여정'을 노래한다. 그늘에서 기어 나오는 고양이처럼 느린 걸음으로 나무 밑동을 빠져나와 햇살아래 앉는다. 달구어진 모래는 엉덩이를 따뜻하게 만들고, 정수리는 찢어질듯 따갑다. 넋 나간 사람처럼 홀로 해안에 앉아 몽롱하고 잔인한 해바라기를 즐긴다. 아무런 울타리 없이 오가는 바람처럼 그렇게 떠다니고 싶다.

222

바다를 보는 마음

바다와 붙은 집들. 매일같이 바다를 만나고, 바다에 기대어 사는 이들의 심정과 가끔씩 바다를 찾아 즐기는 사람들의 마음은 다를 것이다. 나는 이곳 플라야 히롱에서 제주도를 떠올린다. 그곳으로 이사를 가고자 계획을 했을 때 주변의 많은 사람들은 먹고 살 것을 걱정해 주었고, 그 다음으론 바다가 가까운 곳에 집을 마련할 것이냐고 물었었다. "바다가 보이면 좋잖아? 탁 트인 전망에 파도 소리도 들리고, 바람도 시원하고…. 이왕이면 그런 곳을 구해! 대문을 열고 모래사장을 밟을 수 있으면 얼마나 좋을까?" 참으로 근사한 일 아닌가? 정원처럼 바다가 붙어있다면 얼마나 좋을까? 하지만 그것은 상상 속의 일이다. 현실은 그와 다르다. 바다와 가까운 집들과 그곳에 사는 이들은 습기와 염분을 견뎌내야 한다. 여름날의 거센 바람과 파도와도 싸워 이겨내야 한다. 그래서 바다 가까이 집을 얻는 것은 그리 낭만적인 삶을 보장해 주진 않는다. 눅눅해진 책을 읽는 기분 같은 것이다. 플라야 히롱의 해안은 누가 봐도 아름답다고 할 것이다. 감성이 풍부한 사람은 속에서 탄성이 나올 정도다. 하지만 해안과 붙어 있는 집들에는 대부분 가난한 어부들이 살고있으며, 이 아름다운 해안을 굽어보는 언덕엔 어김없이 고급저택들이 들어서 있다. 어부의 집과는 매우 대조적인 모습. 어부의 물고기는 저곳의 식탁에도 오를 것이다. 이것이 인간의 삶이다. 삶이란 비정한 바다와 같고 태풍을 타고 오는 파도와 같은 것이다. 하지만 지금처럼 아름다운 빛으로 반짝이는 물결을 보여주기도 한다.

우리의 의지와는 별개로 쉼 없이 밀려오는 것이 파도다. 삶은 때때로 해일 마냥 손 쓸 수 없는 큰 파도를 몰고 온다. 아름다운 Playa Larga를 보며 경외지심敬畏之心을 갖는다.

난 바다를 좋아한다. 그렇지만 망망대해는 원치 않는다. 아무 것도 없는 곳을 바라보는 것은 슬프고, 기다림은 사람을 외롭게 만든다. 혼자 하는 여행은 자유롭고도 외롭다. 집을 떠나 있는 시간이 많은 내게 '사람'은 반가움의 대상이다. 지금처럼 먼 바다를 바라 볼 때도 사람을 떠올린다. '섬' 같은 사람들, '물새' 같은 사람들, '바위' 같은 사람들, '파도' 같이 성내는 사람들이 모두 그립다. 서울의 사람들이 그립고, 제주도의 사람들이 그립고, 해남과 악양, 담양과 영암에 있는 이들이 생각난다. 영천 산속에 있는 이도 보고 싶다. 이제 여정은 중반을 넘어섰다. 다음 행선지인 마탄자스에 들어서게 되면 여행은 후반부에 접어들게 될 것이다. 오늘따라 바다는 그리움을 불러들인다.

1958년 산티아고 데 쿠바는 체 게바라가 이끄는 혁명군의 손에 들어온 후 독재자 바티스타가 도미니카 공화국으로 도주한다. 1960년 미국의 경제 제재가 시작되었고, 피델 카스트로는 쿠바 내의 미국 소유를 국유화하고 유엔에서 미국을 비판하는 연설을 행한다. 1960년은 쿠바와 소련연방이 수교를 체결한 해이기도 하다. 그리고 다음 해 1961년 4월 15일 쿠바 공군마크를 단 비행기가 쿠바의 공군기지 세 곳을 폭격한다. 이게 어떻게 된 일인가? 자국의 비행기가 폭격을 가하다니? 바로 CIA가 미 공군기인 B-26 폭격기 8대를 쿠바공군기로 둔갑시켜 만들어낸 작품이다. 하지만 성과는 미미해서 고작 6대의 민간 항공기를 불태운 것에 불과했다. 이로 인해 미국은 후에 국제사회의 맹비난을 받게 된다. 이 시기 미국의 대통령은 존 F. 케네디였다. 이틀 후인 4월 17일 새벽 1시 경 미국은 플라야 히롱에 미 해병대를 상륙시킨다. 이들은 모두 쿠바 출신 망명자들이며 용병들이었다. 이에 맞서기 위해 피델 카스트로가 직접 작전을 지휘했다. 그리고 4월 19일, 114명이 사살되었고, 1200명의 용병이 포로로 잡혔다. 쿠바인도 161명이나 전사했다. 이렇게 해서 미국의 플라야 히롱 침공은 실패로 돌아가고 말았다. 이후 미국은 피델 카스트로의 요구에 따라 포로들의 송환 조건으로 몸값을 지불해야 했는데, 식량과 의약품으로 지불된 금액이 약 6천만 달러에 달했다고 한다. 1962년 10월 미국은 중거리 탄도 미사일과 소련의 폭격기를 쿠바에서 발견해 냈다. 이 때문에 쿠바로 들어오

는 핵무기를 막는다는 이유로 '미국의 해상봉쇄'가 이루어졌다. 우리가 알고 있는 미사일 위기에는 이런 이야기가 숨어 있다.

지금 나는 히롱 박물관^{Museo Giron}에 와있다. 박물관에는 사진 자료들과 그 당시 사용했던 비행기와 탱크가 전시되어 있다. 선과 악을 스스로

판단할 기회를 얻지 못한 나의 유년 시절의 교육을 되돌아보며 아쉬움을 갖는다. 플라야 히롱 해안은 지금 평화롭기 그지없다. 쿠바 정부는 아픔의 상처를 승리의 영광으로 자랑하고 있다. 쿠바의 정식 명칭은 'Republic of Cuba' 이며, 국기에 박혀있는 흰 별은 독립 국가를 상징하는 것이다. 독립을 위해 근 500년을 싸워온 나라를 우린 아메리카 대륙 최초의 공산 국가라고만 알고 있었다. 엄밀히 말해 이념은 중요치 않다. 어떤 이념이 건 간에 인간을 위해 존재해야 하기 때문이다. 그럼 현재 'Republic of Cuba' 의 이념은 쿠바 국민들에게 행복을 주고 있는가? 피델 카스트로 의 정부는 국민들의 소리를 이제 다시 들어봐야 하지 않을까?

◀ 플라야 히롱의 박물관에는 미국과의 전쟁이 상세히 전시되어 있다.
▲ 쿠바를 '올드 카 왕국' 이라고 부르는 말은 틀리지 않다. 나이 50을 훌쩍 넘는 자동차들이
   즐비하고, 지금 봐도 손색없는 차들이 청춘처럼 도로를 질주한다.

Matanzas & Cardenas

카데나스에서 흔하게 만나는 풍경. 휴양도시 바라데로의 길목에 위치해 있어 관광객들은 무심코 스쳐 지나가지만 잠시 머물러도 좋은 도시이다.

Matanzas & Cardenas 마탄자스와 카데나스

쿠바의 아테네에 세워진 스페인 건물들

과거의 번영이
머물다 간 곳

마탄자스^{Matanzax}는 항구 도시로
수도인 아바나에서 동쪽으로 약
80 킬로미터 정도 떨어져 있다.
오래전부터 사탕수수 재배가 활발한 농업지대였고, 감귤류, 쌀, 가축 등
을 생산하며 설탕, 럼, 비료, 피혁 등의 제조업도 성하다. 이곳의 선적항
은 쿠바 중서부에서 중요한 위치를 차지하고 있다. 마탄자스는 1817년
과 1827년 사이 커다란 설탕공장이 생기면서 풍요로워지기 시작했고,
커피도 수출되기 시작했다. 1843년에는 아바나에서 이어지는 철로가 들
어섰고, 19세기 후반에는 쿠바에서 산티아고 데 쿠바를 제치고 두 번째
로 큰 도시로 성장했다. 그 당시 많은 예술가, 작가, 음악가들이 이곳에
서 살았다. 이런 이유로 한때 '쿠바의 아테네'로 불리기도 했었다. 하지

◀ 말은 기원전 3000년경부터 인간과 함께 했고, 오랜 동안 마음을 나눌 수 있는 친구 역할도
하고 있다. 물론 이것은 인간의 입장이고, 말의 입장에서 보면 구속의 시작일 게다.

마탄자스는 과거 '쿠바의 아테네'라 불릴 만큼 번영을 누렸다. 쇠락은 했어도 여전히 크고
중요한 도시이다.

만 현재는 쿠바 제1의 휴양지 바라데로^{Varadero}로 향하는 길목에 위치한
관광지 정도. 마탄자스 앞바다에는 섬들이 군데군데 흩어져 있고, 해안
선을 따라 크고 작은 항구들이 있다.

스페인 우물 속에서

몇몇 건물을 제외하면 마탄자스의 건물들은 그리 높지 않다. 대신 한 층의 높이가 거의 4, 5미터에 육박한다. 특히 오래된 건물들이 대부분 그렇다. 큰 도로에 붙은 건물들은 사무실이나 상점으로 쓰이고, 스페인 정복자들이 남기고 간 이면도로의 3, 4층 건물들은 현재 공동주택으로 쓰고 있다. 층마다 한 가구씩 살림을 마련하거나 경제적으로 여유가 있는 사람들은 건물을 통째로 사용하기도 한다. 인도를 따라 이어진 공동주택들을 보고 있으면 프랑스 구 시가지의 작은 아파트나 스튜디오를 떠올리게 한다.

건물 내부에는 엘리베이터가 없고, 달팽이집처럼 나선형 계단이 이어진다. 각 층마다 있는 현관을 들어서면 공동으로 사용하는 거실과 맨 먼저 만나게 된다. 거실을 지나면 좁은 복도와 연결된 많은 방들이 나타난다. 복도 끝에는 부엌과 욕실이 있기 마련이다. 잘 짜인 구조라 버려지는 공간을 찾아보기 힘들다. 방안에 처음 들어서면 좁은 방도 넓게 느껴진다. 천장이 높기 때문이다. 이 때문에 문의 모양은 세로로 길고 좁게 만들어져 있으며, 창문 또한 홀쭉하고 길다. 자그만 방임에도 불구하고 문을 열고 들어설 때면 고성이나 대저택으로 들어서는 느낌을 갖게 된다. 소박한 장식을 넣은 통나무 문을 열면 '끼이익!' 하고 나이든 소리가 난다. 방문은 대부분 안으로 열리는 여닫이다. 네 개의 문짝이 아코디언처럼 반씩 접히게 되기 때문에 실내 공간을 많이 차지하지는 않는다. 건물의 내부는 회벽으로 마감이 되어 있어서 차가운 감촉을 느끼게 한다. 침

자전거는 카데나스뿐 아니라 쿠바 전역의 필수품이다.

대에 누워있으면 마치 깊고 좁은 사각형 우물의 바닥에 잠자리를 깔고
있는 게 아닌가 싶을 정도다. 하지만 이런 방에서 며칠을 지내게 되면 어
색함은 사라지고 만다. 그리고는 이내 '천장'을 바라보며 공상을 하게
되기 십상이다.

　늦잠을 자고 일어나 침대에서 구르고 있을 때나 막 잠이 들려 할 때, 나
는 선잠의 기운에 빠져 공상하기를 좋아한다. 스페인의 우물 속은 심해가
되고, 심해에 잠든 나는 인간이 닿을 수 없는 곳을 향해 항해를 시작한다.
내게 있어 마탄자스의 깊고 허름한 이 방은 언제나 상상의 세계로 들어가
는 문과 같다. 심연으로 향하는 입구이며, 다시 돌아나 올 출구이다.

높지 않은 건물의 한 층을 이처럼 높이 지은 까닭은 무엇일까? 그것은 기후와 관련이 깊을 듯하다. 대기가 달구어지는 계절이 되면 기온은 삽시간에 올라간다. 기온이 높아지는 6~9월은 더욱 뜨겁다. 해가 떠 있는 시간도 거의 10시간에 이른다. 이렇게 되면 체감 온도는 그 이상 상승하기 마련. 산이나 숲이 드문 도시의 건물은 빠르게 달구어 진다. 더구나 건물을 만들 당시엔 에어컨과 같은 강제로 온도를 조절할 수 있는 수단이 없었다. 자연의 흐름에 맡기는 것 외에는 뾰족한 수단이 없었을 터. 이를 해결할 수 있는 방법 중 하나는 개별 층의 높이를 높여 건물을 짓는 것이었을 것이다. 한낮의 많은 일조량으로 인해 달구어진 방안의 열기를 식혀야만 생활이 원할 했을 테고, 그래야 편안한 잠도 이룰 수 있지 않았을까?

한 층의 높이가 약 4, 5미터에 달하는 스페인 식민지 시대의 3, 4층 건물은 우리의 6, 7층짜리 건물과 비슷한 높이에 육박한다. 천정을 높이면 냉각효과 뿐 아니라, 좁은 공간도 넓게 느껴지고 소리도 줄어드는 효과 또한 있다. 이런 건물들이 죽 늘어선 골목엔 한낮에도 그늘이 지기 마련이어서 직사광선이 들어오지 않는 시원한 길을 걷게 된다. 대부분 3층이 기본이고, 가끔 6층이나 5층 건물들도 눈에 든다. 건축물이란 기본적으로 필요에 의해 발전하는 것 아닌가? 잎을 크게 벌린 나무와 바늘 같은 잎을 가진 나무가 각기 나름의 생존을 위해 형태를 만들어낸 것처럼 말이다. '필요' 이후에 '꾸밈'이 있는 이치일 게다. 여정 후에 마탄자스를 떠올리면 '나만의 우물'이 함께 생각날 것이다.

오후의 신부

저기 어여쁜 여인이 걸어온다. 결혼을 앞둔 신부가 야외 촬영에 나선 것이다. 계단을 내려오는 신부는 샘물처럼 청순하다. 오후 햇살이 수줍은 얼굴에 스친다. 흰 드레스에 닿은 정오의 햇살이 그녀에게 날개라도 달아 준 듯하다. 웨딩드레스의 흰색은 신부의 순결한 처녀성을 상징하는 것이라 들었는데, 이제

보니 선녀나 천사의 모습을 형상화한 듯하다. 여자는 지금 가장 아름다운 순간을 향해 가고 있다. 메마른 사막과도 같은 도시, 아지랑이 가득한 대낮의 열기 속에 나타난 천사의 미소를 본다. 몇 명의 들러리들이 그녀를 따른다. 허술한 풍선으로 장식한 자동차가 매연을 뿜으며 오후 햇살 속으로 사라진다. 구경꾼들이 흩어진 후에도 여인의 얼굴이 지워지지 않는 까닭은 무얼까? 탄력 넘치는 까무잡잡한 피부의 여자는 햇살보다 고왔으며, 그녀의 미소는 잿빛 도시에 피어난 꽃과 같았다.

"결혼은 해도 후회, 안 해도 후회"라는 소크라테스의 유명한 말도 있다. "싸움터에 나갈 때는 한 번, 바다로 나갈 때는 두 번, 결혼할 때는 세 번 기도하라"라는 러시아 속담에서 알 수 있듯이 남녀가 만나 혼인을 하는 것은 매우 신중하게 결정해야 하는 일임에 틀림없다.

언제가 나는 '결혼'이라는 단어를 사전에서 찾아 본 적이 있었다. 국어사전에는 '명사: 남녀가 정식으로 부부 관계를 맺음'이라고 쓰여 있었다. 그래서 부부를 다시 찾았더니, '부부: 남편과 아내를 아울러 이르는 말'이라는 문장이 있었다. 다람쥐 쳇바퀴 굴리듯 질문과 대답이 제자리를 빙빙 돌고 말았다. 그리고 다시 한 번 '한국 민족문화 대백과사전'을 뒤적여 결혼을 찾아보았다. 그곳에는 정의와 유래, 성립 조건 등이 나와 있었다. 어느 곳에서도 행위가 벌어지게 되는 이유에 대해서는 언급이 없었다. 해서 실망을 감추지 못한 채 사전들을 덮고 말았다. 내 생각에 '결혼'은 서로의 조건을 나누어 가지는 것이 아니라, 두 남녀의 감정을 하나로 일치시키는 형식이다. 그런데 사전에는 가장 중요한 '사랑의 감정'에 대한 언급은 없었다. 다시 말해 가장 중요한 결혼의 조건은 '서로의 사랑'이다. 그래서 나의 사전을 만들어 결혼을 정의해 놓았다. "서로 사랑하는 성인 남녀가 하나의 사랑으로 일치되는 형식." 형식에는 여러 가지가 있을 수 있으나 서로의 사랑에는 이의가 없어야 한다. 예전에 집시들의 혼인서약에 대해 들은 적이 있다. "서로 사랑하는 동안 부부의 정을 나눈다. 사랑이 사라지면 부부관계도 멈춘다." 참 명료하고 멋진 말이다. "사랑 없인 결혼할 수 없다는 말, 사랑 없인 부부도 없다는 말." 하지만 '사랑 없는 결혼'을 선택한 이들은 의외로 많다. 사랑이 없는 공간에서 함께 산다.

오후의 신부가 사라진 후에도 한참동안 그 곳을 바라보고 있었다. 선녀가 타고 간 고물 자동차가 기억에서 점점 사라지려 한다. 쿠바의 여인들은 아름답고, 살아가야 할 시간은 대부분 곤궁하다. 하지만 그들의 사랑은 아직 순수하리라.

대문이 안으로 열리는 까닭

여행을 하다 보면 낯선 문화를 만나기도 하지만, 그간 무심히 지나쳐 왔던 것들을 생각하는 계기도 얻게 된다. 그중 하나가 대문에 대한 생각이다. 현대 주거 형태에서 많은 비율을 차지하고 있는 집단 주택인 아파트의 현관은 모두 밖으로 열리게 되어 있다. 이는 내부 공간을 좀 더 많이 확보하려는 의도일 것이

어떤 문을 들어서려하나요? 까사 빠띠꿀라 중 오래된 스페인 건물에 묵기를 권합니다. 천정 깊은 방에 누워 공상의 자유를 느껴보시길….

다. 반면 한옥의 경우는 모두 안으로 대문이 열리고 마당을 통해 집으로 들어가게 되어 있다. 이뿐 아니라 그보다 지위가 낮은 서민들의 집도 마찬가지여서 마당이 훤히 들여다보이는 상황임에도 대문을 만들어 달았는데, 엉성한 싸리문이 그것이다. 싸리문 또한 안으로 열린다. 서울을 둘러싼 사대문이 모두 그렇고, 산에 축조한 산성의 모습도 다르지 않다. 우리뿐 아니라 동서양의 대문과 성문도 같은 형태다.

마탄자스의 까사 빠띠꿀라를 드나들며, 낡긴 했어도 잘생긴 대문을 유심히 살피다 말 한마디를 건넨다. "스페인 대문아! 너는 몇 살이니? 누가 너를 만들었는지 기억하고 있어?" 그러다 문득 이런 생각을 하게 되었다. '왜? 모든 대문은 안으로 열리게 되어 있는 걸까?' 무심히 열고 닫았던 대문에 대한 궁금증이 꼬리를 물기 시작했다. 그리고는 대문은 방어의 목적으로 만들어졌기 때문일 것이라는 생각을 하게 되었다. 만약 대문이 밖으로 열리면 안에서 밖으로 나오려는 사람의 행동을 타인이 미리 알아차리게 된다. 그리고 밖으로 열리는 문은 안으로 열리는 문에 비해 외부 공격에 취약하다. 문을 굳게 닫아 열리지 않게 하기가 힘들다. 안으로 열리는 문은 빗장과 버팀목을 세워 이중 삼중으로 닫아 둘 수 있다. 이것은 성문이나 대문이나 마찬가지다. 대문을 걸어 잠그고 안전하다고 판단이 들 때 사람들은 밖으로 열리는 문을 단다. 비교적 작은 문들과 방문, 창문은 대부분 이같이 밖으로 열린다. 그리고 주택들은 길을 따라 늘어서기 마련인데, 도로와 골목에 붙어 있는 대문이 밖으로 열리면 통행에 지장을 주게 될 것이다. 쿠바의 집들 또한 골목의 인도와 바짝 붙어 있기 때문에 이런 구조가 여러모로 편할 듯하다. 오래된 스페인 건물들의 대문을 열고 들어서면 좁은 현관과 가파른 계단이 나타난다. 많은 경우 현관이라고 말하기 힘들 정도로 좁아서 대문이 열리는 공간 밖에는 없다. 그럼에도 불구하고 굳이 안으로 문을 열게 되어 있는 것은 외부적인 요인에서 기인한 것이다. 문이 닫히면 좁은 현관에 붙은 가파른 계단은 견고한 요새로 올라가는 입구같이 느껴진다. 편리에 앞서 보호가 더 중요한 요소인 것이다. 대문은 외부로부터 들이닥칠지 모를 불이익을 염두에 두고 만들어 둔 것이다. 사람들은 자신의 이익을 지키기 위해 오히려 편리를 포기했다. 문의 구조는 장식적인 디자인을 위함이 아니라 기능에 맞게 변화한 것이다. 건축물들은 편리를 따라 변화하건만 대문만은 그것을 역행하고 있는 것이다. 쿠바에는 많은 제국주의 열강들이 다녀갔으며, 침략과 착취를 견뎌야 했다. 아이러니 하게도 이제 '스페인 대문'은 '쿠바의 대문'이 되었다.

"스페인 대문아! 너의 이름은 이제 '쿠바 대문'이니, 주인을 잘 보호하거라!"

영웅

'게릴라'라는 말은 스페인어로 비정규전을 벌이는 저항세력을 뜻한다. 정부군 입장에서 게릴라 반군은 골칫거리인 셈이지만, 부패한 정권하의 국민들에게 게릴라는 한 줄기 빛과 같은 존재이다. 그 대표적인 예가 영웅으로 칭송되는 체 게바라. 마탄자스 시내를 걷다가 이 위대한 게릴라를 뜻하지 않게 만나게 되었다. 붉은 별이 달린 베레모를 쓴 영웅이 모자이크 벽화로 만들어져 있었다. 작품명은 'Heroic Guerilla.' 높이 3미터, 폭 2미터 정도의 체 게바라의 얼굴이 돌로 만들어져 있다. 검은 돌과 흰 돌을 섞어 만든 모자이크는 가까이에서 확인하지 않으면 마치 그림처럼 보일 정도로 섬세하게 만들어져 있다. 모자이크를 보고 있어도 가슴이 설렌다. 참 대단한 인물이다. 'heroic'이라는 말엔 이타적인 뜻이 담겨 있다. 게릴라전을 펼치는 때에도 그는 의사로서의 본분을 다하기 위해 노력했다. 변변한 의료

▶ 그는 늘 자신에게 엄격한 잣대를 적용했고, 타인들에게도 자발적 희생을 요구했다.
검은 돌과 흰 돌을 이용해 만든 체 게바라 모자이크

혜택을 받지 못했던 빈민들에겐 그가 성자와도 같았을 것이다. 고통을 호소하면 병을 낫게 해주는 '병막이신'처럼 어디서나 환영받는 인물이었다. 그의 선행이 알려지자 이를 악용한 사람도 나타났다고 한다. 한 남자는 자신이 체 게바라라고 속이고 다니며 여자들을 농락하기도 했다. 당시 사람들은 산중에 숨어 활동하던 체의 얼굴을 알 수 없었다고 한다. 이 사내는 훗날 체 게바라에게 '이름을 훔친 죄'로 처형되었다. 이름만으로 사람들을 현혹 시킬 수 있을 정도였으니, 게릴라 시절부터 체 게바라의 명성이 대단했던 것 같다.

공짜 고추는 설탕보다 달다?

여행을 준비하면서 '쿠바 전역을 돌아보리라!' 마음먹었던 터라 교통수단을 선택하는 것이 중요한 과제였다. 쿠바에 관한 여러 자료를 찾던 중 히치하이킹에 대한 내용을 많이 접하게 되었었다. 대부분 히치하이킹이 손쉽게 이뤄지고 있다는 내용이었다. 이곳 마탄자스에 오기까지 배와 기차를 제외한 모든 교통수단을 이용했다. 그리고 제일 요긴한 구실을 한 것은 스쿠터인 모토리노였다.

다음 목적지를 바라데로 Varadero 로 잡고, 마탄자스를 떠나기 위해 숙소를 나섰다. 그에 앞서 가는 경로에 있는 카데나스 Cardenas 도 들를 예정이

▶ "어디로 가나요?" 빈 차 함께 타기를 도와주는 이의 얼굴은 밝지만, 이 이에게 잡힌 운전사들의 얼굴은 그렇지 못하다.

었다. 버스를 타기 위해 노력해 보았으나 상황이 여의치 않다. 도로 옆 그늘에 앉아 다리를 식히고 있는데, 정류장도 아닌 곳에서 많은 사람들 이 차를 기다리고 있는 모습이 눈에 띈다. 그리고 지나가는 차를 세워서 는 타고 가는 게 아닌가? 순간 회심의 미소를 지으며 그곳으로 향했다. 차례를 기다리는 사람들은 갈색 유니폼을 입은 남자의 통제를 받고 있었 다. 그는 사거리 모퉁이에서 지나가는 차를 세워서는 목적지를 물었다.

그리고 행선지가 같은 이들을 차에 태워 보내면서 '1페소'씩 받는다. 이 남자에게 카데나스로 가고 싶다고 하고는 다른 이들과 섞여 줄을 섰다. 운전자 홀로 탄 차나 뒷자리가 비어 있는 차들이 순순히 사람들을 태웠다. 이 남자를 우리 식으로 표현한다면 '빈차 함께 타기' 담당 공무원이었다. "이게 정말 웬 떡이냐?" 싶다.

30분 정도를 기다려 차에 올랐다. 행선지를 미리 말해 놓았기 때문에 자가용 운전자와는 간단한 인사만 나누었다. 헌데 차에 흐르는 공기는 냉랭했다. 차 주인은 '하는 수 없이 태웠다'는 표정을 지으며 운전을 했다. 얼마나 갔을까? 시 경계를 벗어나자마자 그가 차를 세웠다. 그리곤 내리라고 하는 것이 아닌가? 정말 황당한 상황을 맞게 된 것이다. 차에서 내린 곳은 인터체인지 부근의 녹지. 카데나스는커녕 차가 잘 다니지도 않는 곳이라 다시 시내로 되돌아가야 할 판이다. "이런 된장!" "아니, 이게 자동차 함께 타기인가?" 씁쓸한 마음이 자꾸 들었다. 어이없는 마음으로 도로 가에 앉아 담배 한 대를 물었다.

결국 길 건너의 사람을 향해 걸어갔다. 그는 좀 전에 벌어진 상황을 알기라도 하는 듯 싱거운 웃음을 지었다. 그와 카데나스로 가기 위한 흥정을 해야 했다. 만족스럽지 못한 상태에서 자가용에 올랐다. 창문을 열었음에도 한낮의 열기가 낡은 차안을 찜통으로 만들고 있었다. 정말이지 뜨거운 증기 위에 올려진 만두 통 같다. 그리고 얼마나 갔을까? 달리는 차 앞에서 경찰관이 차를 세우기 위해 손을 흔들고 있는 모습이 보였다. 운전사는 우리에게 입 조심을 시키느라 질문을 받으면 친구라고 대답하라고 한다. 정식으로 신고를 한 영업용 택시가 아니니 그럴 수밖에….

경찰관은 그의 권력을 이용해 히치하이킹을 성공시켰고, 덕분에 우리는 카데나스 입구까지 땀 흘리는 만두가 되어야 했다. 카데나스 시내에 내려 떠오른 것은 재미난 프랑스 속담 하나. "Le piment gratuit est plus doux que le sucre." 공짜 고추는 설탕보다 달다.

말의 도시, 카데나스

　　　　　　　　　　　　카데나스는 마탄자스 주 북부에 있는 작은 도시로 쿠바의 주요 설탕 선적항 중 하나이다. 도시는 1828년에 건설되었고 제당업과 럼주 양조업으로 이름이 나있는 곳이다. 카데나스는 쿠바에서 가장 유명한 해변 휴양지인 바라데로와 북서쪽으로 약 12킬로미터밖에 떨어져 있지 않다. 하지만 대부분의 관광객들은 이곳을 안중에 두지 않는다. 그래서 지나쳐 가기 일쑤. 정해진 스케줄에 시간을 맞출 이유가 없기 때문에 이곳에 들르게 되었다. 쿠바에 관한 여러 책들이 이곳의 건축물과 교통수단이 특이하다는 정보를 주었기에 궁금증을 풀고 싶었다. 막상 도시를 둘러보니 건축물들은 그다지 특이하지 않다. 쿠바의 다른 도시들과 마찬가지로 스페인의 고 건축물들이 도시의 주류를 이루고 있었다. 하지만 교통수단은 책에 있는 대로 재미있는 풍경을 선사한다. 이곳은 특히 말을 이용한 교통수단이 발달해 있었다. 물론 다른 지역에서도 마차는 보아 왔지만 카데나스처럼 많은 수를

본 적은 없었다.

마탄자스에서 택시를 타고 이곳에 도착했을 때 시내 중심지에서 처음으로 본 것은 호세 마르티의 흉상도, 체 게바라의 벽화도 아니었다. 다름아닌 말과 마차를 재현해 놓은 작품이었다. 사거리 모퉁이에 마련된 공간에는 실물 크기의 백말이 마차를 끌고 있었다. 왕복 4차선 아스팔트 도로에는 자동차보다 마차의 모습이 더 빈번하게 눈에 들어온다. 400킬로그램이 넘는 몸무게와 2미터가 넘는 포유류가 다가와 내 앞을 지날 때면 거친 숨소리에 새삼 놀라게 된다.

거리를 누비고 다니는 마차는 이곳에선 택시와 마을버스 역할을 하고 있다. 10인 이상 태운 지붕달린 마차도 있고, 2인용 택시 마차도 있다. 정해진 정류장은 없으며, 손을 흔들어 세우면 된다. 마차를 타고 다니면 재미있는 소리도 듣게 된다. 여물을 먹은 지 얼마 안 되었을 때나 힘이 들거나 뒤가 마려울 때면 방귀를 뀌어대기 마련인데, 마차에 앉아 말 방귀소리를 들으면 코를 막기보단 웃음을 터뜨리게 된다. 초식동물이라 그런지 우렁찬 소리에 비해 냄새는 그리 독하지 않다. 자동차에서 나는 굉음이나 매연보단 낭만적인 소리와 냄새가 거리에 울려 퍼진다. "뿡! 뿡! 푸드득! 푸드득!"

거의 모든 것을 자급해야 하는 쿠바에서 유지비 걱정 없는 말이야 말로 가장 유용한 교통수단일 것이다. 기름 값 걱정 없는 승용차이며, 힘 좋은 트랙터인 것이다. 거기에다 정을 나눌 수 있으니 얼마나 좋은 가축인가? 말이 사육되기 시작한 것이 기원전 3000년경이니, 인간과 오랜 세월을 한 짐승이다. 카데나스를 떠나기 위해 버스와 택시를 알아보던

차에 나는 마차로 다가가 마부에게 말을 걸었다.

"바라데로까지 얼마나 걸리죠?"
"하하하하! 오늘 안에는 갈 수 있을 거예요. 아마 4시간 정도 걸릴 거요."
장난기가 발동한 나는 이렇게 말했다.
"그럼 갑시다."
"예? 정말 마차로 갈 겁니까? 하하하! 난 못가요!"

마부는 지친 말 흉내를 내느라 고개를 젓고는 헉헉거리며 웃어댔다. 나도 잠시 동안 소리 내어 함께 웃었다. 마차는 자동차 전용도로를 이용하지 못하기 때문에 바라데로까지 가기 위해선 돌아가는 길을 선택해야 한다. 지금이 늦은 오후니 만약 마부가 승낙을 했다면 그는 밤새 말을 달려 새벽에나 카데나스로 돌아올 수 있었을 것이다. 그러니 서로 웃을 수밖에….

▲ 쿠바에서도 말은 매우 요긴하게 쓰인다. 자가용, 버스, 택시, SUV, 트랙터를 합쳐놓은 것이 말이다. 유지관리 비용 또한 저렴하니 이 얼마나 좋은가?

Varadero

파란 하늘에 편안히 누워있는 사람처럼 보인다. 바라데로에선 누구나 가능한 일이다.

Varadero 바라데로

바다에 누워 별을 보다

푸른 카리브의 휴양 도시

바라데로^{Varadero}의 동쪽 평야
는 해변으로부터 내륙까지 펼쳐
져 있는데, 19세기부터 이 지역
은 쿠바의 가장 비옥한 사탕수수 재배 지역이었다. '흰색 금' 이라고도
불리는 설탕은 바라데로뿐 아니라 인근 도시인 마탄자스와 카데나스의
박물관이나 큰 건축물들을 건설하는 데에도 많은 경제적 도움을 주었다.
1926년과 1931년엔 고속도로가 건설되어 아바나 뿐 아니라 주변의 농
경도시들도 빠르게 발달할 수 있었다.

아바나를 방문한 장단기 여행자들이 이곳을 찾아오는 경우가 흔하다.
특히 바캉스 시즌에는 많은 관광객들이 몰려들고 있다. 쿠바를 알리는
관광포스터에는 바라데로의 모습이 어김없이 소개되어 있다. 청명한 하

바라데로의 바다는 그리움을 불러일으키는 파도와 수평선이 여기다. 이곳은 흥겨움이 넘실거리
고 파도는 웃음소리로 부서진다. 출거데

늘과 하얀 백사장을 배경으로 해양 스포츠를 즐기는 이들의 이미지가 외
지인들을 주머니를 열게 한다. 흡사 지중해의 휴양 도시를 떠올리게 한
다. 이곳을 찾는 이들이 많은 이유는 천혜의 환경을 지닌 탓도 있지만,
바라데로가 아바나에서 동쪽으로 140킬로미터 밖에 떨어져 있지 않아서
이다. 쿠바에서도 최고로 꼽히는 리조트들이 이곳에 몰려 있다.

　콜럼버스는 쿠바를 가리켜 말하길 "인간의 눈으로 발견한 가장 아름다운 땅"이라고 했다. 1492년 2월 28일의 일이지만 이 말은 현재도 어느 정도 유효하다. 쿠바에 가본 이건 가보지 않은 이건 간에 모두들 카리브 해의 푸른 바다를 연상하며 쿠바를 떠올린다. 이 계절에 휴식을 취하려면 바다가 좋고, 이왕 쉴 생각이라면 바라데로 정도는 돼야 하지 않을까? 우리 또한 아바나 입성을 미룬 채 그간의 여독을 풀고자 바라데로를 선택했다.

자본주의의 특구

스쿠터를 타고 달리는 길. 국제 운전면허가 여기에서도 요긴하게 쓰인다. 날씨는 기가 막히게 좋아 청명한 하늘이 시야를 무한히 확장시킨다. 바라데로는 육지와 연결된 방파제 같은 모양을 하고 있는 곳이다. 지도를 펴 놓고 보면 쿠바 중심에서 북쪽의 플로리다 바다를 향해 나무 가지처럼 길게 뻗어 올라간 모습을 확인할 수 있다. 도로 양편엔 콘크리트로 지어진 단층집들이 나란하다. 익살스런 사람들은 정원에 동물들을 만들어 놓기도 했다. 콘크리트로 만들긴 했지만 토끼와 플라맹고의 모습이 보기 좋다. 열대의 꽃들이 유혹하며 담장을 넘어 온다.

바라데로의 길은 매우 잘 닦여있고, 이정표도 친절하게 돼있다. 중심도로를 따라 이층 관광버스가 수시로 오간다. 바라데로의 바다는 참으로 맑아서 수평선마저 가깝게 느껴질 정도. 산호초가 부서진 해안과 고운 모래들이 이방인의 시선을 붙잡기에 모자람이 없다. 해안을 따라 북쪽으로 올라가니 물은 더 맑아지고 하늘은 더 깊어진다. 호텔마다 경계를 두고 해안을 소유하고 있는데, 야자수 잎으로 만들어진 수많은 방갈로들이 펼쳐진 백사장에는 일광욕을 즐기는 사람들로 가득하다. 이따금씩 상의를 벗고 누운 여인들의 모습도 눈에 띈다. 해안을 따라 맹그로브 ^{mangrove} 나무숲과 선착장이 이어진다. 특급 호텔들과 골프장들이 들어선 모습들을 보며 '이곳이 쿠바인가?' 싶은 생각마저 든다. 은행의 문은 1년 내내 열려있다. 일요일에도 환전을 해주고, 심지어 여권을 가져오지 않았다고

▶ 담장을 넘어 온 남국의 화려함이 인사를 건넨다.

하면 나중에 보여 달라고 한다. 24시간 영업하는 식당도 흔하다. 누가 쿠바를 기난한 '사회주의 국가' 라고 했던가? 적어도 바라데로에서 만큼은 그 말이 무색해 진다. 쿠바의 정치나 경제 사정과는 아무런 상관도 없어 보인다. 그저 외국인들이 많은 돈을 쓰기만 하면 되는 것이다. 이곳이 바로 쿠바가 용인한 '자본주의 소비 특구' 가 아닐까?

이 아름다운 해안에 현지인들의 모습은 없다. 있다면 장사를 하는 이들과 사설 경호원들뿐이다. 해변에서 비치발리볼을 하거나 바다에 서서

온 세상이 파란 듯한 바라데로지만 바다는 바다대로 하늘은 하늘대로 제각각 다른 색을 보여준
다. 어찌 이것을 파란 하늘, 푸른 바다라고 뭉뚱그려 말할 수 있겠는가.

요트 타다 지치면 쉬고, 쉬다 심심해 지면 물놀이하고….

낚시를 하는 사람들, 요트를 타는 사람들의 모습에는 근심이 없다. 혁명 이전 이곳은 천혜의 환경을 지닌 탓에 윤락행위와 카지노가 성행했던 곳 이었다. 하지만 지금은 건전한 관광지로 유지되고 있다. 굳이 이곳에 와 서 쿠바의 현실을 운운하는 것은 바보짓이다. 이런 모습 또한 쿠바다. 카 스트로 역시 적벽대전을 치르고 있는 상황과 다르지 않으나 조조의 백

만대군에 맞선 유비와 손권처럼 승리를 하리란 보장은 없다. 그만큼 쿠바의 경제 상황은 물러설 곳 없는 바닥에 다다랐다. 더구나 함께 맞설 연합군조차 마땅치 않은 처지라 쿠바의 고민은 깊을 수밖에 없다. 코발트블루와 아쿠아그린이 한데 섞인 바다위에 누워 있는 이의 모습을 본다. 파도에 몸을 맡긴 모습이 마치 하늘에 떠있는 듯하다. 저이는 아무 생각도 하지 않고 있을 것이다. 쉬려고 왔으니, 쉬면 그만 아닌가? 상상 속에 그렸었던 카리브 해의 아름다움이 지금 내 앞에 펼쳐져 있다. "즐겨라!" 이 순간 내게 필요한 말이다.

바다에 누워 별을 보다

낮에는 눈요기만 하느라 바다에 들어가 보지 못하고 해질녘이 되어서야 해변을 걷는다. 붉은 파도의 노래가 흐르는 백사장. 한낮의 열기로 데워진 바닷물이 아직 미지근해 수영을 한번 해 볼 참으로 바다에 들어선다. 밤바다는 낮보다 신비롭다. 안을 들여다 볼 수 없으니, 피부로 느껴지는 촉감과 냄새가 더 선명해진다. 나의 수영 실력은 스스로도 인정하지 않을 정도라 가까운 곳을 오갈 뿐. 해가 떨어지자 파도가 더욱 거세진다. 승준이와 물장난도 쳐본다. 거친 물살을 피해 조금 낮은 곳으로 와서는 바다에 누워본다. 몸이 물에 떠서 흔들리니 별들도 춤을 춘다. 파도가 오는지 가는지…. 밤하늘

별은 왜 한 번에 다 보이지 않는 걸까? 밤의 깊이보다 별이 더 깊은 곳에 있기 때문일 것이다. 별이 떨어져 파도를 일으킨다.

의 별을 보느라 정신이 없다. 그러던 중 큰 파도가 오는 줄도 모르고 있다가 물 먹은 맥주병마냥 가라앉고 말았다. '콜록! 콜록!' 머리가 핑 돈다. 내가 많은 것을 바란 것인가? 별을 훔쳐본 대가인가? 파도를 멀리한 채 해변에 누웠다. 한숨을 내쉬고 다시 바라본 하늘. 네팔의 고원 무스탕 왕국에서도 이렇게 많은 별들을 본 적이 있었다. 그곳은 하늘과 무척 가까운 곳이었다. 쿠바의 밤하늘도 그에 못지않게 아름답다. 밤하늘을 보고 있으면 별들은 계속해서 늘어만 간다. 어디나 다 같은 모양이다. 별은 왜 한 번에 다 보이지 않는 걸까? 밤의 깊이보다 별이 더 깊은 곳에 있기 때문일 것이다. 별을 세다 보면 해가 뜨고 다시 밤이 되면 별들이 늘어나니 별의 숫자를 알 수 없다. 이렇게 누워 있으니, 이곳이 쿠바인지, 강원도 정선인지, 제주도인지 알 수가 없다. 밤은 시간을 빼앗고, 공간을 하나로 만든다.

환전

산티아고 데 쿠바로 향하는 공항에서 만난 여자가 있었는데, 그녀는 '하늘색' 티켓을 우리는 '주황색' 티켓을 가지고 있었다. 내국인과 외국인을 구별하기 위한 것으로 우리가 지불한 1인당 비행기 삯이 108CUC로 약 10만 8천원인데 비해 내국인들은 90페소, 약 4500원 밖에 되지 않았다. 거의 24배 수준이었던 것이다. 쿠바에서 외국인들은 'CUC-Pesos Convertibles' 만 사용하도록 되어있었다. 나라에서 운용하는 모든 곳에서는 이 CUC만이 통용된다. 지폐는 1, 3, 5, 10, 20, 50, 100CUC가 있고, 동전은 1, 5, 10, 25, 50Cent가 있다. 1CUC는 1US dollars에 맞추어져 있고, 은행의 환전 수수료는 보통 3~4퍼센트 정도 이다. 이것은 마치 '부루마블 게임' 같아서 CUC는 쿠바에서만 사용할 수 있고, 이 땅을 떠나면 전혀 사용할 수가 없다.

아바나의 호세 마르티 국제공항에서 처음 달러를 주고 환전을 할 때까

▶ 바라데로에는 유럽과 미국에서 온 이들이 많다. 아바나를 거쳐 온 이들뿐 아니라 처음부터 이곳에서 머물다 가는 이들도 많다.

지만 해도 이처럼 큰 차이가 있는 줄은 모르는 상태였다. 하지만 환율이
오른다 하더라도 관광객들의 숫자가 그것과 비례해 감소하는 것은 아니
니 쿠바 정부로선 손해되는 일이 전혀 없다. 바라데로에 오기 전까지 여
러 곳을 들렀다. 그때마다 우린 CUC와 쿠바페소를 섞어서 사용할 수 있
었다. 국영상점과 외국인들이 많이 드나드는 곳을 제외한 곳에서는 쿠바
현지인들과 똑같이 페소를 사용할 수 있었다. 덕분에 잔돈을 많이 가지

고 다녀야 했지만 말이다. 이 같은 화폐의 이중구조가 우리의 생각도 두 가지로 분리해 놓았다.

　같은 동네에서 내국인들이 찾는 식당은 12페소, 약600원이고 외국 관광객들의 식당은 8CUC, 약8000원이니 우린 언제나 현지인들의 식당을 선호했었다. 그곳엔 가격의 유리함뿐 아니라 현지인들의 생활모습이 그대로 노출돼 있어서 더욱 좋았다. 그리고 바라데로에는 그런 곳이 존재하지 않는다. 이곳은 자본주의 경제특구였다. 그리고 이 특구에서도 다른 지역과 마찬가지로 'US dollars'는 천덕꾸러기 대접을 받는다. 이유는 환전할 때 따로 10퍼센트의 부과금을 더 물어야 하기 때문이다. 멕시코 페소나 유로화, 캐나다 달러보다 많은 환전 수수료를 내야 하는 US dollars는 여행자들에게 그리 반가운 돈이 아닌 것이다. 많은 외국인들이 자국의 돈을 캐나다 달러로 가지고 들어와 CUC로 환전을 한다.

럼

　많은 칵테일의 기본 재료가 되고 있는 럼이 쿠바에서 시작된 것은 크리스토퍼 콜럼버스가 들여온 사탕수수로부터이다. 19세기 중반까지 주로 아바나, 마탄자스, 카데나스, 산티아고 데 쿠바에서 럼이 만들어 졌고, 많은 양이 세계로 수출되었다. 럼은 발효와 증류, 숙성과 혼합단계를 거쳐 완성된다. 증류 과정에서

알코올 도수는 약 75도까지 올라가는데, 이 과정에서 거의 모든 나쁜 향들이 사라진다. 그 후 1~15년 정도 숙성을 시킬 때는 떡갈나무 통을 사용한다. 럼은 숙성기간이 3년 된 것은 투명한 빛을 띠고, 알코올 도수는 40~60도 정도 된다.

현재 쿠바 전역에서 60여 가지의 럼이 생산되고 있는데, 그중 세계적으로 유명한 제품으로 1868년 산티아고 데 쿠바에 공장을 차린 파쿤도 바카디^{Facundo Bacardi}의 이름을 딴 바카디^{Bacardi}와 산타크루즈 델 모르테^{Santa Cruz del Morte}에서 생산되는 아바나 클럽^{Habana Club}이 있다. 흔히 최고의 럼으로 15년산 'Havana Club Gran Reserva'를 꼽는데, 최고일수록 진하면서도 부드러운 맛을 낸다.

럼과 콜라를 섞은 것이 쿠바리브레^{Cuba libre}이고, 다이키리^{daiquiri}는 럼과 라임 주스, 설탕과 마시멜로를 섞은 것이다. 모히토^{mojito}도 여기에 속한다. 럼과 라임주스, 설탕, 소다수 그리고 얼음 조각 사이에 끼워진 민트 잎을 모두 섞어 만든 모히토는 매력적인 칵테일로 변신한 럼의 또 다른 모습이다. 더운 날씨에 시원한 음료로 주로 마시는데, 약간의 취기를 느낄 수 있을 정도이다. 달콤하면서도 시큼한 모히토는 열대의 기온을 식히고도 남는다.

5천원의 행복

시장기를 달래려고 찾아온 곳은 길 옆 작은 식당, 바라데로에서 발견한 이곳은 금세 우리의 단골집이 되고 말았다. 더구나 바라데로는 그리 넓지 않은 지역이라 어느 해변에 있더라도 모토리노를 타고 '휙!' 하고 올 수 있는 거리니 얼마나 믿음직스럽던지. 쿠바에서 먹을 수 있는 음식은 생각보다 다양하지 못하

다. 쿠바만을 상징할 음식들이 많지 않아 그냥 일반적인 양식과 다르지 않다. 이 식당에 오는 이유는 해산물이 신선하고 입맛에 잘 맞을뿐더러 가격도 만족스럽기 때문이다. 바라데로를 물가만으로 따지자면 서울과 별반 다르지 않다. 여긴 쿠바가 아니다. 그냥 '바라데로'이다. 이곳은 화려하지 않은 식당이지만 주인은 손님들에게 최대한의 배려를 보인다. 그렇다고 알랑거리지도 않는다.

여느 때처럼 랍스타를 주문했다. 바다가재를 굽는 장소는 우리 테이블 옆 오븐. 주방에서 기본적인 소스를 바른 후 야외에 마련된 오븐에서 요리를 한다. 드럼통을 반으로 잘라 만든 오븐에 숯불이 타오르고, 물과 소금을 뿌려가며 굽는 탓에 맛있는 연기와 냄새가 진동을 한다. 음식이 나오기 훨씬 전부터 바다가재의 훈제향이 시장기를 더욱 자극한다. 엉성한 접시에 담겨 나온 요리는 매우 신선하다. 배를 가르자 통통하게 오른 살이 "쩍" 벌어진다. 육질의 결을 따라 잘라서는 입에 넣고 맥주 한 모금. "카아!" 바라데로에서의 여정이 즐거운 것은 맑고 푸른 바다 그리고 5천원으로 즐길 수 있는 신선하게 살이 오른 '훈제 랍스타'를 만났기 때문일까?

휘파람

어떤 곳을 가든 여정 중엔 여러 가지 재미있는 것들을 만나게 되는데, 쿠바에서도 예외는 아니다. 지도를 따라 길을 걷다보면 방향을 잃거나 목적지에서 멀어지는 경우도 있다. 쿠바 사람들이 길을 알려 줄 때는 손짓과 더불어 하나가 더 추가되는데 바로 소리이다. 팔을 길게 뻗어 손으로 목적지를 가리키는 동시에 휘파람 소리를 낸다. 남자들은 손가락으로 "휘익! 휙휙!" 소리를 빠르게 내고, 여자들은 "후우우우윅!" 하며 뒤를 올려서 휘파람 소리를

낸다. 나이가 많건 적건 관계없이 모두가 손가락을 꺾어 방향을 바꿔가며 소리를 낸다. 여행 일정이 길어지면서 나도 단련이 되어 길을 되물을 때는 "휘익! 휙휙!" 하고 휘파람을 불어댄다. 그러면 상대방도 웃으며 휘파람으로 화답한다.

길을 가다 가장 급한 일은 무엇인가? 그것은 생리현상을 해결해야 하는 경우다. 이럴 땐 긴 문장을 생각해내거나 서툴게 말할 필요가 전혀 없다. 그냥 "삐! 삐!" "삐! 삐!"라고 하면 된다. 그러면 말을 들은 사람이 열쇠를 내어 주며 이렇게 말할 것이다. "휙! 휘익!" 맨 처음 "삐! 삐!" 소리를 들을 때는 자동차 경적 소리 같기도 했지만 생각할수록 재미있는 소리가 되었다. 참 쉽고 빠른 의사전달 방식 아닌가?

Isla de la juventud

감옥의 기분 나쁜 생경함. 섬 안의 섬, 추악한 시간이 머물다 간 인간의 치부

Isla de la juventud 후벤투드 섬

세상에서 가장 아름다운 추악함

드라이아이스 비행기

아바나에서 귀국 전 후벤투드 섬 Isla de la juventud 으로 가기 위해 표를 끊었다. 비행기는 예정 시간보다 1시간 30분이나 연착되었건만 안내 방송조차 없다. "아! 이것 또한 '일상다반사' 중 하나로구나!" 대합실은 시장바닥마냥 시끄럽다. 돌아다니는 닭 한 마리만 있다면 딱 시골 장터다.

나와 함께 표를 끊은 현지인들이 줄을 서는 것을 보니 비행기가 들어왔나 보다. 쌍발 프로펠러의 소음이 비행기를 밀어 올린다. 활주로를 떠난 비행기는 '덜커덩!' 소리를 내며 바퀴를 접어 넣는다. 얼음조각이 담긴 음료수와 사탕을 들고 스튜어디스가 돌아다닌다. 음료수의 종류는 단 한 가지, '먹느냐? 마느냐?' 만 선택하면 된다. 기내는 사람들의 열기로

◀ 과거 해적들의 소굴이었던 곳, 독립군들의 수용소였던 섬은 그러한 역사와 너무나도 대조적으로 천혜의 아름다움을 지녔다.

비행기문이 열리는 그 순간의 낯선 설렘이란 '여러분은 지금 아름다운 섬 후벤투드에 도착했습니다. 무엇을 망설이나요? GO!'

인해 후텁지근하고 끈적거린다. 그럼에도 스튜어디스의 나름대로 멋을 낸 유니폼은 흐트러지지 않는다. 내심 자랑스럽다는 눈빛마저 보인다. '승객들은 반팔을 입고도 비행기 티켓으로 부채질을 하는데, 몇 겹의 제복을 입었으니 얼마나 더울까? 이것이 제복의 힘이로구나.' 이륙한지 10여분 만에 에어컨이 위력을 발휘하려는지 기내에 굉음이 퍼져나간다. 그런데 이게 어찌된 일인가? 누가 이 좁은 기내에서 콘서트라도 하려는 것인가? 천정에서 드라이아이스가 서서히 새어나오기 시작하더니만, 기어이 마구 쏟아져 내려오기 시작한다.

차가운 김이 정수리를 지나 어깨에 흐른다. 승객들은 모두 좋아하는 눈치. 사실 기내 공기는 아직도 후끈거리는데, 시각효과만 요란하다. 드라이아이스는 창문으로 들어오는 붉은 노을과 섞여 밤무대 분위기를 연출한다. 바다 위를 낮게 비행하는 것을 보니 이제 후벤투드 섬 가까이에 왔나 보다.

공항에 들어선 비행기, 하지만 기내는 아직도 덥다. 안전벨트를 풀어도 좋다는 사인에 불이 들어왔지만, 나는 제일 늦게 내려야 했다. 안전벨트가 고장이나 매듭을 지어 놓았는데, 그것이 꼬이는 바람에 내릴 수가 없었다. 아! 이 재미있는 비행은 25분 만에 끝이 났다.

카리브 해의 아름다운 섬

후벤투드는 쿠바에서 가장 큰 섬으로 쿠바 본섬으로부터 약 100킬로미터 정도 떨어져 있다. 섬의 행정 중심지인 누에바 헤로나 Nueva Gerona 에 가장 많은 사람들이 살며, 섬의 남부 지역은 개발이 안 된 늪지대로 남아 있다. 섬 동쪽으로는 350여 개의 산호초 섬들이 빛을 내며 푸른 카리브 해 위에 흩어져 있다. 이를 카나레오스 군도 Archipielago de los Canarreos 라고 부르는데, 이러한 산호

해변은 고요하고 바람도 순하고…, 여기에 모히토 한 잔, 아하! 이 맛에 여행한다.

초 섬들은 현재 사람이 살지 않는다. 2001년 11월에는 허리케인 '미셸'
이 군도를 파괴하기도 했다. 현재도 보수 공사는 진행 중이다. 작은 섬들
중 까요 라르고 델 수르 Cayo largo del Sur 는 가장 깨끗한 해변을 지닌 인기
있는 휴양지이다. 특히 스쿠버 다이빙을 즐기기 위한 관광객들이 많이
찾는 곳이다.

후벤투드는 섬은 면적에 비해 인구 밀도가 낮고, 아름다운 자연 환경이 잘 보존되어 있어서 여유로운 휴가를 즐길 수 있는 곳이다. 쿠바 본섬에서 비행기와 배를 이용해 이곳으로 쉽게 건너 올 수 있는데, 주로 아바나에 머무는 유럽인들이 해양 스포츠를 즐기기 위해 이곳을 찾는다. 아바나 지방의 남쪽 해안 바타바노 만Surgidero de Batabano에서 여객선이 출항한다.

해적의 섬에서
젊은이의 섬으로

콜럼버스가 1494년 6월 3일에 이 섬에 도착한 이후 이 섬은 16~18세기까지 헨리 모건^{Henry} Morgan을 비롯한 많은 해적들의 은신처로 사용되었는데, 그들은 이 섬을 '앵무새 섬'이라고 불렀다. 〈보물섬〉의 작가 스티븐슨도 이 섬에서 영감을 얻었다고 전한다. 헨리 모건은 영국으로부터 기사 작위를 받아 '경'이라는 칭호로 불리기도 했는데, 합법을 가장해 스페인 식민지들을 침략, 약탈하고 다녔고 쿠바 또한 당연히 목표물 중 한 곳이었다. 당시 카리브 해를 일러 '인간쓰레기들의 집합소'라 했다고 전한다. 그도 그럴 것이 17세기 중엽에 들어서는 해적의 수가 수천 명에 이르렀기 때문이다. 그래서 이 시기를 '해적들의 황금시대'라고 부른다.

해적이 사라진 지금, 이 섬은 아바나에서 가까운 천혜의 휴양지로 각

◀ 쿠바에도 세계 최고가 여럿 있지요. 야구, 배구, 권투, 시가, 럼, 음악…

▲ 도심 여행도 좋지만 후벤투드처럼 시골 분위기가 물씬 풍기는 곳을 더 좋아한다. 도시 여행을 하다 이곳에 오니 웃음이 절로 나면서 기운이 다시 채워지는 듯하다.

광 받고 있으며, 모델로 요새Presidio Modelo라는 역사적인 감옥이 있는 곳이기도 하다. 쿠바의 정신적인 지도자 호세 마르티와 쿠바 혁명을 완수한 피델 카스트로가 과거 이곳에 수감되었었다. 이곳엔 쿠바 독립 운동가뿐 아니라 마차도나 바티스타 같은 20세기의 쿠바 독재자들도 수감되었었다.

혁명 전 이 섬의 인구는 매우 희박했다고 한다. 그러다가 1960~1970년대에 수십 만 명의 젊은이들이 개발을 위해 자원하여 들어오면서부터 인구가 늘게 되었는데, 이들은 쿠바 정부의 무상교육을 받는 3세계의 교환 학생들이었다. 이들은 섬 북쪽 지방에 많은 학교도 세웠는데, 학생들이 개간한 들판이 지금의 광대한 감귤 농장으로 탈바꿈 하였다고 한다. 이들이 들어오기 전까지 이 섬의 이름은 '소나무 섬Isla de Pinos' 이었다. 그러다가 1978년 섬의 이름이 현재의 것으로 바뀌게 되었는데, 그 뜻이 바로 '젊은이의 섬, Isla de la juventud' 이다. '해적들의 소굴' 과 '정치범들의 유배지' 라는 아픈 역사를 딛고 일어선 곳이다.

모델로 요새,
인간의 치부

후벤투드 섬 안에 있는 교도소 모델로 요새Presidio Modelo에 들어선다. '섬' 은 폐쇄된 공간이며, '섬' 안의 '감옥' 은 이중으로 잠가놓은 어둠이다. 건널 수 없는 두 개의

▶ 괴기스런 비행물체 마당 내려앉은 다섯 동의 수용시설, 깊은 하늘이 더욱 슬프게 만든다.

다리를 넘어 탈출을 감행하는 것 자체가 죽음으로 향하는 길이 됐을 것이다. 싸늘한 건물에 들어서니 "이리도 잔인할 수 있는가?" 싶다. 인간이 저지를 수 있는 한계는 어디까지인가를 떠올리게 된다. 인간이 인간을 학대하기 위한 수단으로 이토록 큰 건물을 지었어야 했나? 부끄럽다. 스페인 점령자들의 잔학성인 동시에 인간으로서 감추고 싶은 치부이다.

친구, 나는 자네와 생각을 교환하기가 불가능하네. 부드러운 달빛이 무덤의 대리석을 빛나게 한지 오래 되었네. 검은 하늘이 별들로 덮이듯 핏자국으로 덮인 수의를 질질 끌며 사슬에 매인 여인들이 나타나는 것을 보기를 사람들이 꿈꾸는 고요한 시간이네. 잠든 자는, 잠에서 깨어 날 때까지, 사형수의 신음과도 같은 신음소리를 내지르며, 그리고 현실은 꿈보다 세 배는 더 나쁘다는 것을 알아차리지. 나는 내일 아침에는 구덩이가 준비되도록 나의 지칠 줄 모르는 삽으로 이 구덩이 파는 일을 끝마쳐야겠네.

로트레아몽, 〈말도로르의 노래〉 중

시는 두려움이고, 슬픔이며, 환희의 발견이다. 시는 인간의 마음에서 시작되고, 마음은 현실을 먹고 자라난다. 그래서 현실은 가혹하고 매정하며 구토를 하게 만든다. 인간에 대한 무한한 사랑과 측은지심만이 이를 치유하며, 마음속 샘물을 다시금 솟아나게 한다.

수없이 많은 죄수들이 죽어나갔을 방들을 돌아보며, 피 비린내를 참으며 잠들어야 했던 이들과 다음 순서를 고통스럽게 기다렸을 사람들을 상상한다. 인간은 자연계의 생명체 중 유일하게 쓰레기를 생산해 내는 생물에 불과하다. 그래서 인간에겐 신이 필요한 존재일까? 인간의 모순을 스스로의 힘으로 어찌지 못하기 때문에 '신'의 존재를 필요로 한다. 고통으로 울부짖었을 이들이 그토록 애타게 찾았을 '신'은 그때 어디에 있었을까? 그것은 무자비한 학살을 방관한 '신의 직무유기'였다. 이 감옥은 내게 쿠바 여정 중 가장 더럽고 힘든 장소가 되고 말았다.

죽음의 등대

모델로 요새는 황량한 벌판 한가운데 내려앉은 원형 UFO 같은 모습을 하고 있다. 콘크리트로 만들어진 감옥은 너무도 거대하고 괴기스러워서 마치 '외계생물들이 버리고 간 유적지가 아닐까?' 라는 생각을 갖게 한다. 수용소는 모두 5개의 원형 건물로 이루어져 있으며, 그중 하나는 식당으로 쓰였다. 원형 식당을 중심으로 동심원처럼 4개의 수용소가 자리하고 있다. 건물 내부로 들어가니, 뻥 뚫린 공간 중앙에 등대 같은 탑이 솟아 있다. 감방은 5층으로 지어졌는데, 벽을 따라 일렬로 배치해 놓았고, 각 층마다 93개의 방을 만들어 놓았다. 층과 층을 연결하는 계단은 오직 하나 밖에 없고, 화장실은 77번과 47번 라인에만 있다.

좁은 계단을 올라 5층 감방으로 향했다. 그리고 감방 복도를 따라 모든 수감자들의 문을 지난다. 4층, 3층, 2층, 1층 복도를 차례로 걷는 동

안 혐오스러움이 밀려든다. 벌집 같은 465개의 방. 모든 방들을 돌아보았지만 중앙에 우뚝 솟아 있는 탑의 감시에서 벗어날 수 있는 곳은 그 어디에도 없었다. 감방 안에서도, 화장실에서도⋯. 모든 곳이 등대의 표적이었다. 반면 감시자는 2명이면 족하다. 서로 등지고 서면 모든 수용자들을 살필 수 있는 것이다. 등대 내부는 철저하게 폐쇄되어 있어서, 심지어 감시탑 등대로 오르기 위한 고정된 사다리나 계단조차 없다. 만약에 발생할지도 모를 돌발 상황이라도 대비한 것일까? 등대 꼭대기에 나 있는 자그마한 구멍이 나를 향하고 있다. 사각형 구멍 안에는 누가 있었을까? 그의 눈과 마주친 이는 죽임을 피할 수 없었을 것이다. '죽음의 빛을 내뿜는 등대를 본적이 있는가? 그 누구도 피하지 못하는 어두운 빛.' 반면 감시탑 안에 있었던 자 또한 수용자들의 살기를 느꼈을 것이다. '서로를 죽이기 위해⋯.'

등대가 솟아오른 바닥, 수용자들이 내려올 수 없었던 곳. 분노의 앙금이 침전돼 있는 콘크리트 찬 바닥을 걷는다. 가벼운 발의 쓸림에도 모든 소리가 실내에 울려 퍼진다. 건물의 내부자들은 모든 소리를 공유할 수 있다. 고양이 발바닥을 가진 이라도 움직임을 숨길 순 없었을 것이다. 이같이 완벽에 가까운 수용시설 안을 걸으며 다시금 참혹한 심정을 감출 수가 없다. "인간이 이럴 수 있는가? 이토록 비인간적일 수 있는가?" 나는 죽음의 기운이 가득한 곳에 앉아 인간의 희망을 노래할 수 없다.

◀ 각 층마다 93개의 방이 있는 5층의 원형 건물. '죽음의 등대'를 피해 숨을 곳은 없다. 희망은 어디에 존재하였던가?

묘지 같은 식당. 인간은 배가 부르다고 해서 사냥을 하는 동물이 아니었다.

희망 없는 식사

감방 건물을 빠져나와 중앙 식당 건물을 오른다. 이곳 또한 중앙에 감시탑이 솟아 있었다. 물이 고이듯 안쪽으로 경사가 진 바닥엔 식탁으로 쓰였을 철골 구조물들의 흔적이 고스란히 남아 있다. 수없이 많은 식탁들이 감시탑을 중심으로 동심원을 그리며 박혀 있었는데, 모든 수용자들은 감시탑을 향해 등을 보이며 식사를 해야 하는 구조였다.

인간성을 앗아간 공간. 수용자들은 인간이 아니었다. 이곳은 집단으로 사육되는 짐승의 우리와도 같다. 등을 보이며 불안한 밥을 먹었어야 했을 수천 명의 사람들. 그들은 살아있는 내내 숨소리 없는 식사를 해야 했다. 집단 통제의 공간속에선 인간의 마음이 자라는 것이 용납되지 않는다. 두꺼운 벽을 뚫고 들어오는 빛은 너무도 찬란하건만, 빛이 만들어내는 그림자는 공동묘지에 늘어선 십자가들을 연상케 한다.

아버지의 자전거

난 나의 아버지의 역사를 알지 못한다. 어떠한 유년 시절을 보냈는지, 청장년기의 삶은 어땠는지 모른다. 몇 번의 질문에도 별 말씀은 없으셨고, 이따금 약주를 하실

때 조금씩 꺼내 놓으실 뿐이다. 오늘 나는 한 아버지의 자전거를 타고 간다. 밥벌이의 고단함이 내 앞에 놓여있다. 생활로 단련된 근육들이 기계마냥 움직인다.

바람이 잠들고, 햇빛이 무서운 날에 가장 굵은 소금은 온다. 소금은 낱알이 굵고 입자가 안정되어 있고, 향기로운 알맹이를 으뜸으로 친다. 짠맛 안에 바닷물의 향기와 햇빛의 향기를 모두 간직하고 있어야 한다. 증발이 깔끔하지 않아서 불순물이 남아 있을 때 소금은 쓰다. 이런 소금은 나쁜 소금이다. 바람이 불어서 염전의 바닥의 물이 흔들리면 소금 입자는 불안정해진다. 좋은 소금은 폭양 속에서 고요히 온다. 인간이 가장 고통스러운 날에, 가장 향기로운 소금은 인간에게 온다.

김훈 〈밥벌이의 지겨움〉 중

"세상에서 밥 버는 일보다 더 소중한 일은 없다"고 했던가? 세 바퀴의 자전거 택시가 호텔로 향한다. 남자의 삶으로, 남편의 삶으로, 아버지의 삶으로 바퀴를 굴린다. 남자는 목적지를 정확히 모른 채 이방인들을 태운 것 같다. 도로 옆에 붙은 농가에 들러 길을 묻는 일이 잦다. 어색한 미소와 눈빛도 알리바이를 만들지는 못했다. 불안한 항해를 하고 있다. 오늘 이 남자의 '네비게이션'은 실패다. "이대로 믿어야 하나?" 어느새 해가 넘어가려 한다. 돌고! 돌고! 돌고! 하지만 나는 '아버지의 자전거'를 멈추게 할 자신이 없다. 가다 서다를 반복한 끝에 드디어 그의 페달이 멈췄다. 하지만 이곳은 나의 목적지가 아니었다. 씁쓸한 한숨으로 힘이 빠진 아버지는 노을처럼 지쳐간다. 그래도 다시 페달을 밟아 나간다. 노을을 먹은 붉은 땀이 송골송골 솟아오른다. 뒷목과 어깨 그리고 등에 흐르던 땀은 이제 소금으로 변했다. 이 하얀 알갱이가 '아버지의 눈물'이며, '자식들의 밥'이다. 아버지의 몸도 지쳤고, 보는 나도 지쳤다. 오르막을 핑계 삼아 뛰어내렸다. 어느새 달이 떠버린 하늘, 어두운 아스팔트 위에 빈약한 '랜턴'이 빛을 토해낸다. 오르막의 마루에 오르자 아버지의 어깨엔 '달맞이 꽃' 마냥 빛나는 땀이 다시 피어난다. 수고스러움을 돈으로 덜 수는 있다. 그럼 돈으로 해서는 안 되는 일은 무엇일까? 그것은 '타인의 감정을 자신의 노리게 거리로 삼는 일, 돈이 필요한 이의 자존심을 상하게 하는 일'이다. 톱니바퀴가 구르는 동안 돈은 밥이 되고 웃음이 되어간다. "5CUC!"를 말하는 아버지에게 나는 "10CUC"를 건넨다. 나는 아버지의 웃음을 보고 싶었다. '당신은 나와 다르지 않고, 당신의 가족은 나의 가족과 다르지 않소! 하지만 이 정도가 나의 최선이오! 나도 자전거 페달을 굴려야 해요!'

La Havana

당신은 신을 만난 적이 있나요? 형체가 있던가요? 소리를 내던가요? 그림자가 있던가요? 아해!
우린 신의 세계에 대해 아무것도 모르는군요! 그러니 신의 피부색 따위에 신경쓰지 맙시다.

La Havana 아바나

에르네스트 헤밍웨이와 에르네스트 체 게바라

511호의 문호

암보스 문도스 호텔^{Hotel Ambos} 은 아바나 비에하^{Habana} ^{Vieja} 지역의 시내 중심에 있는데, 에르네스트 헤밍웨이^{Ernest Hemingway}가 이곳에 투숙했었던 이력 때문에 유명해진 곳이다. 로비로 들어서니 헤밍웨이가 투숙했던 방과 개방 시간, 관람요금까지 상세히 적힌 입간판이 맞이한다.

5층으로 안내하는 엘리베이터 보이를 따라 간다. 엘리베이터의 철로 만든 접이식 격자문이 오랜 이력을 대변해 준다. 그는 별다른 물음 없이 당연하게 5층의 버튼을 눌렀다. 얼마나 많은 이들이 이곳을 다녀갔기에 척 보면 아는 것일까? 고풍스런 승강기에서 내리니 한 여인이 기다리고 있었다. 511호는 잠겨 있었고 2CUC의 입장료를 낸 후에야 문이 열렸다.

◀ 다시 쿠바에 간다면 체 게바라는 잊겠다. 죽은 자본단 신 자들에게 더 몰입할 것이다. 혁명광장과 이웃한 내무부 건물 외벽의 체 게바라

헤밍웨이가 머물던 암보스 문도스호텔 511호. 햇살 조용한 방은 혼자 쓰기에 딱 좋은 크기이다.

방문 안쪽에는 피델 카스트로와 헤밍웨이가 함께 찍은 기념사진이 걸려 있고, 책상 위에는 집필할 때 사용했던 타자기와 친필 원고들, 그 밖의 소품들이 유리 상자 안에 들어있다. 물론 한쪽에는 작은 침대도 놓여 있었다. 사다리꼴 모양의 방은 대략 여섯 평 정도로 혼자 쓰기에 딱 적당한 공간. 안내인에게 부탁해 창문을 열었다. 살랑거리는 커튼이 걷히고,

모퉁이의 창문을 여니 아바나의 전경이 한눈에 든다. 쿠바 깃발이 펄럭이는 곳이 체 게바라가 살았던 집이다.

창문이 열리자 탁 트인 전망이 펼쳐진다. 눈부시게 맑은 하늘 아래로 아바나 비에하의 시가지가 모습을 드러냈다. 511호는 호텔의 모서리 작은 방이지만 전망이 매우 좋은 위치였다.

이곳에서는 거리를 구석구석 살피며 한눈에 내려다 볼 수 있었다. 멀리 보이는 언덕에는 쿠바의 국기가 펄럭이고 있었는데, 그곳은 혁명 성공 이후 체 게바라가 그의 가족들과 함께 머물던 곳이다. 오렌지 빛 외장으로 치장된 호텔의 헤밍웨이나 언덕 위의 체 게바라 모두 현재 쿠바의 관광 수입을 올리는 처지가 되었다.

헤밍웨이는
어디 있을까?

에르네스트 헤밍웨이는 1932년 4월 쿠바에 도착해 20년 동안 이곳에서 살았으며 1960년 쿠바를 떠났다. 센트로 아바나Centro Habana에는 그가 가장 좋아하는 바 엘 플로리디타El Floridita가 있고, 아바나 비에하에는 보데기타 델 메디오La Bodeguitar Del Medio가 있다. 어둠이 내린지도 한참이 되어 거리를 오가는 사람들의 발걸음도 뜸하다. 술 한 잔으로 목을 축이려 보데기타 델 메디오로 향하는 길. 고양이들의 은신처로 적당한 컴컴한 골목 부실한 가로등 아래서 음악이 흘러나온다. "꺼어억!" 낡고 작은 문을 들어서자 사람들의 열기로 가득하다. 길을 잃고 거리를 떠돌던 이들이 아지트라도 만든 것일까? 안쪽도 사정은 마찬가지여서 빈 좌석 없이 꽉 찼다. 건물 안쪽은 중정마냥 2층까지 뻥 뚫려 있고, 위층 계단으로 연결된다. 한쪽 방에는 손son과 차차차cha cha cha 리듬에 맞춰 흥얼거리는 관광객들의 모

▶ 헤밍웨이가 즐겨 찾았다던 보데기타 델 메디오. 소문이 어떤 이의 주머니를 불러주고 있었다.

습. 하긴 자정을 넘겼으니 술판이 한창 무르익을 때이다. 어둠이 짙어질
수록 술맛이 더욱 나는 법. 건물 1, 2층에서 연주되는 쿠바 리듬과 흥겨
운 추임새 소리가 보데기타 델 메디오 골목까지 번져 나간다.

　노벨 문학상을 받은 〈노인과 바다〉를 포함해 헤밍웨이의 소설에 등장
하는 보통 시민들은 그가 이곳에서 만났던 이웃들이었다. 하지만 지금
이곳 보데기타 델 메디오는 관광객들이 점령해 버렸다. 벽안의 이방인들

헤밍웨이는 책에서 만나면 될 일. 이 좋은 노래가 있으니, 당연히 마시고 가야겠죠!

과 그들과 어울리려는 쿠바인들이 있을 뿐이다. 이미 죽어 사라져 버린
소설가의 흔적은 몇 장의 사진과 술집에서 파는 기념품과 메뉴판의 얼굴
정도가 있을 뿐이다. 보데기타 델 메디오는 명성을 얻어 현재 세계 여러
나라에 지점을 두고 있다.

호세 마르티의 생가는 박물관으로 꾸며져 있다. 작은 2층집을 찾는 이들 중 관광객은 드물다. 그에 대해 궁금증을 가진 소수의 사람과 길을 잘못 들어 찾아온 관광객뿐이다. 현지인들도 잘 찾지 않는 분위기. 이곳에서도 독립운동을 하다간 이의 흔적은 외로울 수밖에 없는 것인가? 쿠바에서 호세 마르티는 독립 투쟁을 상징하는 대표적 인물. 초라한 대접을 받고 있는 그의 생가 모습이 영 내키지 않는다. 야속한 속내를 감출 수 없다.

호세 마르티는 쿠바 역사상 가장 존경받는 인물이다. 그의 흉상이 없는 곳이 없을 정도이다. 공항과 광장, 거리와 극장 등 그의 이름을 딴 곳들이 쿠바에 가득하다. 그는 1853년 2월 28일 스페인 이주민 가정에서 태어났다. 16세에 반정부 정치 선전물을 만드는 등 가혹한 스페인의 식민지법에 반대하다가 현재의 후벤투드 섬으로 쫓겨났고, 이후 다시 스페인으로 추방되어 그곳에서 법학을 전공했다. 1875년 멕시코시티의 신문사에서 일하기 시작했고, 1877년에는 쿠바 여인과 결혼했다. 1878년 첫 번째 독립 전쟁이 끝나고 사면이 되어 쿠바로 돌아오기 전까지 멕시코와 과테말라에서 추방되기도 했으며, 쿠바로 돌아와서는 혁명 활동을 재개하다 또 다시 스페인으로 추방되었다. 1880년 뉴욕에 정착한 후 부에노스아이레스 신문 나시온La Nacion과 카라카스Caracas, 신문 오피니언 나시오날La Opinion Nacional의 특파원으로 일했다. 북미의 상황을 묘사한 그의 칼럼은 라틴아메리카에 그를 알리게 되었고, 이로 인해 뉴욕 주재 우루

과이 영사로 임명되기도 했다. 1892년 쿠바 혁명당을 창설하고 대표로 선출된다. 1895년 4월 11일 마르티는 도미니카인인 막시모 고메즈 장군과 4명의 다른 이들과 함께 쿠바 동쪽 바라코아^{Baracoa} 근처에 상륙하여 두 번째 독립 전쟁을 일으켰다. 그러나 1895년 5월 19일에 현재의 그란마 지방인 카우토 강^{Cauto River}의 도스 리오스^{Dos Rios}에서 스페인과의 짧은 접전 중에 전사했다.

콧수염을 단 비너스

내 앞에 나타난 한 사람, 그가 나를 혼란스럽게 한다. 골목 건너 창에 기대 우리를 바라보고 있는 사람. 그와 눈이 마주친 지금, '여자일까? 남자일까?' '그라고 해야 하나? 그녀라고 해야 하나?' 참 난감하다. 여자인 것 같기는 한데, 콧수염을 달고 있는 것이 아닌가? 마주보고 웃을 수도 없고…. 얼굴의 콧수염뿐 아니라 팔뚝과 다리도 많은 털이 덮고 있다. 눈썹은 프리다 칼로의 자화상처럼 갈매기 모양으로 붙어있다. "형! 남자 맞죠? 가발을 썼나?" 정말 승준이 말대로 가발처럼 어색한 머리카락. "글쎄다?" "반지와 귀걸이야 남자도 하는 것이고…." "남자 같은 여자 아닐까!" "가슴이 여자 같지 않니?" 결국 성별을 가리는 기준은 도톰한 가슴으로 낙찰되었다. 볼수록 웃음 짓게 하는 여자! '아무리 봐도 어색한 남자 같단 말이야….'

19세기 초반에 만들어진 대리석 욕조를 비롯해 갖가지 호사스러움으로 가득한 곳. 식민지 총독의
저택 Palacio de los Capitanes Generales의 화려함은 무엇으로 채워진 것인가?

아바나의 골목들을 한가롭게 돌아보다 발견한 권투경기장 간판. 바깥에서 보기에는 우리나라의 야구 연습장과 비슷한 모습이다. 2층에 그물이 쳐졌고, 출입구는 조그맣게 뚫려있다. 입구를 지키고 있는 청년과 아는 이들은 그냥 무사통과하는 눈치다. 매표소에 적힌 입장료는 1페소로 한국 돈으로는 약 40원. 매우 저렴한 가격이다. 하지만 이 돈으로 입장할 수는 없었다. 외국인은 돈을 더 내야 한단다. 이 후미진 조그만 동네에 관광객들이 올 리 만무하지만 생긴 게 다른 걸 어쩌랴? 목마른 놈이 우물을 판다고, 돈을 내는 수밖에….

1CUC(한국 돈 약 1000원)를 내고 들어선다. 허름한 외관과는 다르게 경기에 필요한 요소를 모두 갖추고 있는 야외 경기장. 일단 지붕으로 덮인 링이 있고, 링을 잘 내려다 볼 수 있는 관중석이 있다. 그리고 옷을 잘 차려입은 심판이 보인다. 선수만 있으면 완벽, 그들에게 불타는 투지까지 있다면 금상첨화. 자리를 잡기 위해 2층 관중석으로 오른다. 성기게 세운 철골 위에 나무판자를 깔아 만든 탓에 1층이 훤히 내려다보이는 좌석. 관중석부터 스릴이 느껴진다. 아무데나 앉으면 장땡이다. 이윽고 선수가 오르고 장내 아나운서의 목소리대신 쇠막대로 링의 쇠기둥을 몇 차례 두드리자 장내가 조용해진다. 얼마 후 시작을 알리는 종소리 "땡!" 파란 트렁크의 아바나 선수와 붉은색의 산티아고 데 쿠바 선수가 맞붙었다. 장내 분위기는 일방적으로 아바나 선수에게 기울어 있다. 지역민들

◀ 아바나는 관광객들의 달러가 풀리는 활기찬 곳이다. 하지만 도심을 조금만 벗어나도 상황은 크게 달라진다.

의 응원을 등에 업은 아바나 선수의 '쇼맨십'이 분위기를 더욱 달군다.
동네 강아지도 50점은 먹고 들어간다고 했으니…. 장내는 함성과 손짓
으로 술렁인다. 다혈질 피를 가진 이들은 일어서서 소리를 지르고, 라운
드가 끝날 때마다 탄성이 오간다. '링보다 객석이 더 난리구만! 트레이
너가 너무 많아서 동네 장기판 같네.'

경기가 진행되는 사이 날이 어두워지기 시작한다. 링을 덮고 있는 천
장에서 조명이 들어온다. 쿠바의 현실을 너무 과소평가한 탓인지, 조명
이 들어온 것에 불과한데, 신기해하다니…. 주먹이 '씽씽' 날아다니는

링은 전쟁터와 같다. 총알처럼 주먹이 날고, 피와 땀이 파편처럼 튄다. '젊음'을 무기로 가난을 탈출하려는 시도가 필사적이다. 가진 것 없는 젊은이들이 쿠바에서 돈을 벌기란 쉽지 않다. 용인된 전쟁을 즐기기 위해 사람들은 돈을 지불한다. 인간의 본성 중 공격성을 그대로 드러내는 권투는 사람을 흥분시킨다. 가난한 '젊음'들이 서서히 지쳐가는 모습이 보인다. 하지만 한 라운드가 더 남았다. 돈 벌기가 쉽지 않게 보인다. 승자만이 명예와 돈을 모두 거머쥔다. 이 작은 전쟁을 통해 얻어지는 승리의 열매는 혼자 차지하기에도 보잘 것 없을 것이다. 쿠바의 야구와 배구

그리고 권투는 세계에서 한두 손가락에 꼽힌다. 젊은이들의 탈출구이기
때문일 것이다.

여기는 평양?

아바나 시내의 넓은 땅을 차지하
고 있는 '혁명광장'은 과거 서울
에 있었던 여의도 광장을 연상시
킨다. 아스팔트로 덮힌 광장은 복사열로 가득할 뿐, 이곳에 들끓었던 혁
명의 열기는 식어버린 듯하다. 지나간 시간을 좇아 찾아온 뒤늦은 관광
객들만이 나른한 걸음으로 서성인다. 바닥을 치받고 올라온 빛이 눈을
괴롭힌다. 광장을 중심으로 호세 마르티의 동상과 기념탑 그리고 체 게
바라의 조형물이 서로를 마주 하고 있다. 삼각기둥으로 이루어진 탑이
호세 마르티 기념관인데, 다분히 정치적인 이유로 만들어졌다는 느낌을
짙게 풍긴다. 쿠바의 독립운동가 호세 마르티를 등에 업고픈 피델 카스
트로의 의도를 그대로 드러내고 있다. 북한의 주체사상탑이 김일성의 유
훈 통치를 상징하듯, 쿠바의 호세 마르티 기념탑 또한 그것과 다르지 않
아 보인다. 차이가 있다면 당사자인 호세 마르티의 뜻이 아니라 피델 카
스트로의 의도를 반영하고 있다는 것일 게다.

삼각탑 1층엔 둥글게 만들어진 전시실이 마련되어 있지만 들르는 사
람은 없다. 엘리베이터를 타고 탑 꼭대기 전망대에 오르니, 엘리베이터

314

혁명광장이 내려다보이는 호세 마르티 기념관의 전망대. 아바나가 한눈에 든다. 바다 건너 코앞이
미국이다.

호세 마르티와 체 게바라 사이에 혁명광장이 놓여 있다. 피델 카스트로와 체 게바라 사이에도
동지애뿐 아니라 서로 달랐던 생각들이 놓여있었을 것이다. 체는 죽었고, 피델은 남았다. 체는
쿠바를 넘어섰고, 피델의 쿠바는 아직 진행 중이다.

거누었던 총부리를 내려놓지 않은 쿠바의 마음이 함축되어 있다. 미국도 그러하듯이….

걸이 따라 내린다. 삼각탑 전망대의 밀폐된 유리창을 통해 광장과 시내를 내려다본다. 아바나 시내의 높지 않은 건물들 뒤로 카리브 해가 펼쳐지고, 혁명광장이 눈에 든다. 혁명광장을 가로 지르는 대로 또한 광장만큼이나 한적하다. 이 큰 도로에 자동차들의 궤적은 드물다. 푸른 하늘과 삼각탑 아래 에르네스토 체 게바라의 조형물이 할 일 없이 놓여있다. 이따금씩 창공을 나는 매의 모습만 보일 뿐이다. '아! 이 삭막함이란!' 아바나의 정열이 콘크리트에 모두 덮여버린 느낌이다. 에르네스토 체 게바라는 저기서 뭐하고 있나?

탑 중앙엔 타일 조각을 이어 붙인 둥근 원이 있다. 동서남북 표시가 되어 있고, 그 중 북쪽에는 "WASHINGTON 1821, NEW YORK 2100,

NEW ORLEANS 1092"라고 쓰여 있다. 아바나를 중심으로 거리표시를 해 놓은 것이다. 세계 모든 곳을 다 제쳐두고 미국과의 거리만을 표기해 놓은 것이다. 순간 군대에서 보았던 상황판이 떠올랐다. '평양까지 몇 킬로미터…' 와 다를 게 없다. 두 나라는 여전히 전쟁을 이어가고 있는 것이다.

거인 같은 호세 마르티의 석상이 '아르헨티나의 구원군' 체 게바라를 내려다보며 말한다. "자네 수고했네! 하지만 자넨 아르헨티나 사람이 야! 쿠바인은 아니잖나?" "우리에겐 쿠바 태생의 우상이 필요하다네!" 이 말을 엿들으며 혁명광장을 가로지른다.

시가? 치카?

아바나 시내를 걷다보면 누구나 다음과 같은 질문을 받게 될 것 이다. 배낭을 메고 있다면 "어디 서 왔냐? 숙소는 있냐?"일 것이고, 짐이 없다면 "어디 가는 중이야? 시 가 살래? 약 필요하냐?" 정도가 될 것이다. 아바나에 있으면 하루에도 수십 번씩 같은 질문을 받게 된다. 획 지나치며 인사를 하듯 던지는 말들 이다. 간혹 20, 30 미터를 따라 붙는 경우도 있다. 이 모든 질문에도 관 심을 보이지 않는 사람이라면 마지막 질문을 던질 것이다. "치카?" 이게 무슨 말인가? 길을 가고 있는 내게 던져진 질문. 도대체 알 수 없는 단

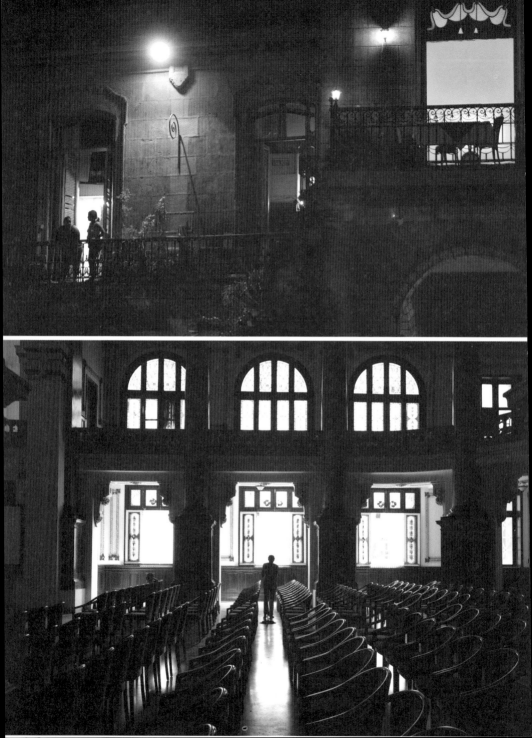

어. 하지만 나는 이 질문을 받았을 때, 단어의 뜻은 몰랐어도 말을 건넨 청년의 표정을 보고 눈치를 챌 수 있었다. 그의 눈은 나를 향해 야릇하게 웃으며 "여자 필요하냐?"라는 말을 하고 있었다.

'남녀 간의 사랑'이 재화를 얻어내는 노동에 지나지 않게 된다면 얼마나 슬픈 일인가? 사랑 없는 세상을 살아간다는 것은 정말 비극이다. 서툴고 슬픈 관계를 하더라도 좋다. '몸뚱이만을 소유하는 시간'이 쿠바에도 흐른다. 개 같은 질문이 던져진, 개 같은 순간!

아바나, 토요일 밤의 열기

저녁 10시 30분, "소르륵! 소르륵!" 물안개 마냥 피어오르는 선율이 흐르는 디스코텍 까사 데 라 무지카 Casa de la musica 의 입장료는 1인당 15CUC. 아바나의 물가를 따져 봐도 비싼 편이다.

'손son'이 연주되는 클럽엔 외국인들과 현지인들이 반반. 무희들이 나와 짝을 이뤄 살사 댄스를 추어댄다. 여러 명이 함께 춤을 춰도 누군가는 눈에 띄게 마련인데 대부분 검은 피부의 무희들이다. '아! 유전자의 힘이여!' 역시 이들의 유연성과 탄력은 탁월했다. 이들은 피 속에 리듬감을 지니고 태어난 것이 분명하다. 흥에 겨운 청춘들이 사방에서 열기를

◀ 대성당광장Plaza de la Catedral은 아바나 비에하Havana Vieja의 중심이다. 많은 관광들이 모여드는 광장 주변으로 성당과 미술관 노천카페 등 볼만한 곳들이 즐비하다. 실내 구조와 장식 아울러 밤 분위기 또한 즐길만 하다.

발산한다. 내 옆에서 춤을 추는 여인네의 엉덩이는 가히 무기에 가깝다. 세상에 태어나 이렇게 크고 유연한 엉덩이를 만난 적은 없었다. 엉덩이 위에 다시 엉덩이 하나를 더 붙인 것일까? 툭 튀어 오른 살이 밥그릇을 엎어놓은 것 같구나! 그에 비해 허리는 가늘며 부드럽다. 앉았다 일어나기를 반복하니, '두둥실' 떠오르는 뭉게구름 같다.

12시 40분, 무대 위의 커튼이 열리고 환호를 받으며 15명의 빅 밴드가

나타난다. 봉고를 가진 타악기 주자가 시작을 알리자 기타, 봉고, 트럼펫, 콘트라베이스가 일제히 연주를 시작한다. 트로트 가수마냥 반짝이 옷을 입은 싱어와 그를 따르는 무리들의 공연은 열기를 더욱 고조시킨다.

디스코텍에서 볼 수 있는 재미있는 장면이 있는데, 그것은 위 아래로 흰 옷을 입고 무리지오 등장하는 이들. 검은 피부에 흰 모자와 흰 구두까지 갖추고 이곳에 오는 청춘들은 일명 '춤꾼' 들로 보인다. 낮 동안 충분한 휴식을 취했는지 물 만난 고기처럼 보인다. 라이트를 받아 야광으로 빛나는 옷이 춤꾼들을 더욱 돋보이게 한다. 미친 듯 춤을 춘다는 것이 이런 것일까? 춤과 음악이라는 향신료가 젊음을 미치게 하고 있다.

◀▲ 쿠바의 대표적인 음악 손son엔 슬픔이 있고, 차차차chachacha엔 즐거움이 있다. 흥겨운
봉고 리듬을 만난 작은 식당에서도 비싸고 화려한 디스코텍에서도 자유를 만날 수 있었다.
그러니 장소 불문하고 즐기시라! 세털같이 가벼운 걸음으로…

피델 카스트로와 에르네스토 체 게바라의 쿠바 혁명이 시작된 해는 1956년이고, 혁명이 성공한 것은 1959년이다. 당시 20세였던 청년들은 지금 76세가 되었다. 언제나 그렇듯 독립을 쟁취하기 위해 싸운 당사자들은 열매를 수확하지 못한다. 혁명을 주도했다는 '보이지 않는 훈장'을 달고 늙어가기 마련이다. 수혜자가 된 이들은 혁명 2, 3세대들. 할아버지와 아버지 세대가 겪었던 만큼의 고초를 겪지 않고 성장한 이들이다. 나름의 고생스러움은 있지만, 어떤 의미에선 농사를 짓지 않고 열매를 먹고 있는 셈이다. 하지만 이들과 윗세대들의 공통점도 있는데, 언제 넘어설 수 있을지 모르는 큰 벽을 앞에 두고 살아야 한다는 것이다.

미국이라는 괴물이 모든 것을 막고 있는 것이다. 수혜자로 태어난 이들이지만 열매를 이용해 앞으로 나아가지는 못한다. 젊은이들은 야구와 음악, 춤과 술을 즐기는 것 외엔 마땅히 할 것이 없어 보인다. 꿈을 꾸지 못하는 현실은 삶을 너무도 지루하게 만든다. 무엇이든 탈출구가 있어야 한다. 괴물의 편식이 바뀌지 않는 한 이들에게 미래의 번영을 위해 노력하라는 것은 난센스다. 피델 카스트로의 체제는 아직 건재하지만, 아바나를 비롯한 전국의 유명 관광지는 이미 자본주의화 되었다. 정치는 사회주의, 경제는 자본주의로 서서히 바뀌고 있다. 이중구조를 선택하고 있는 것이다. 살아야 하니까…. 쿠바 음악에서 열정을 발견하게 되는 것

▶ 쿠바의 미래는 어떻게 펼쳐질까? 이는 혁명 이후 세대의 몫이다. 하지만 미래를 모르기는 누구나 어디나 마찬가지

밀레콘Malecon 방파제를 따라 걸으면 물세례를 맞기 일쑤다. 포말이 부서지며 만들어낸 바다의 알갱이들이 반갑기만 하다.

은 달리 미칠 것이 없어서인지도 모른다. 그래서 쿠바의 음악은 열정적이고도 슬프다.

홈런

아침부터 부지런을 떨어 모토리노에 시동을 걸었다. 아바나를 벗어나 서부도로를 따라 가는 길. 얼마나 달렸을까? 아바나의 번화가에서 그리 멀지 않은 곳임에도 어촌 마을들이 나타나고 낮은 주택들만이 눈에 들어온다. 아바나 시내와는

전혀 다른 시골 풍경이 이렇게 가까이 있나 싶다. 대로변으로 헤밍웨이
의 이름을 딴 리조트도 보인다. 먼 시야에 말레콘 해안이 들어오는 해안
마을. 태풍이 불어왔는지 해안가 집들이 많이 파손되어 있다. 콘크리트까
지 집어삼킬 만큼 파도가 거셌던 모양이다. 바람을 맞으며 해안 쪽으로
가니 칼 같이 깎인 바위들이 시퍼런 날을 세우고 있다. 모래사장이 없는
해안선은 절벽마냥 위험스럽다. 그렇지만 이곳에도 아직까지 삶은 이어
지고 있어서 바다 바람을 맞아 부풀어 오른 빨래들이 펄럭이고 있다.

　해안선을 따라 잘 정비된 아스팔트를 달린다. 도로의 열기는 뜨겁고
바람은 시원하다. 멀리 한 무리의 사람들이 보인다. 가까이 가보니 야구
경기가 벌어지고 있었다. 푸른 바다를 향해 밀려 내려간 초지위에서 바

저 바디를 넘기면. 넌 할 수 있어 미리 포기할 필요는 없잖아!

다들 등지고 시합을 하는 광경. 경기장의 경계선은 찾을 수 없고 홈 베이스가 있을 뿐이다. 1, 2, 3루엔 돌을 하나씩 놓아두었다. 어린 시절 만들어 놓았었던 서툰 경기장이 이곳에도 있었다. 동네 야구에 유니폼은 당연히 없고, 야구 방망이 또한 직접 통나무를 깎아 만든 듯 구불구불 거린다. 홈베이스 앞에 세워진 네모난 깡통이 '스트라이크 존'이다. 다들 자신이 타석에 들어서기만을 손꼽아 기다리며, 타자를 응시하고 있다. 이방인의 출현에 신경이 쓰이는지 어깨에 힘이 들어간 타자는 연신 헛스윙만을 반복한다. 박장대소가 터지는 즐거운 분위기. 부의 분배가 잘 이루어진 것도 아닌데 웃통을 벗어 던진 구릿빛 피부의 아이들 얼굴엔 웃음만이 가득하다. 모두들 가난하니 상대적 가난이 없고, 가난이 없으니 그로 인한 상처도 없다. 마른 초지를 맨발로 뛰어다니는 아이들의 모습은 바다를 닮아 있다. 거칠고 자유로우며, 바다만큼 깊은 눈동자를 지녔다.

'하늘을 향해 날려봐! 멀리 멀리! 아니, 바다를 향해 홈런을 쳐! 바다를 넘길 수 있을 거야!'

나는 희망한다.

'이들의 미래 또한 경계선이 없기를. 이들의 미래가 바다처럼 넓고 푸르게 빛나길, 그리하여 저 바다를 넘기는 홈런을 날리기를!'

귀국전날

내일 아침이면 서울로 돌아가게 될 것이다. 마지막 일정을 짜기 시작했다. 공항으로 가는 길에 조금 떨어져 있기는 했어도 '레닌 공원'에 들르고 싶었기 때문이었다. 쿠바란 이런 곳이었다. 한 달간의 시간이 짧게 느껴지는 곳. 궁금증의 허기를 느끼게 하는 곳. 서울을 떠날 때 몇몇 이들이 "위험하지 않겠느냐?"고 물었었던 나라. 하지만 이곳엔 참으로 호의적인 이들이 살고 있

아바나 시내를 벗어나면 좀더 정겨운 풍경들을 만나게 된다. 저기 파란 햄버거가게는 식사시간
에만 문을 연다. 그 앞에 있는 강아지는 점심을 나눠 먹은 녀석.

었다. 될 수 있는 한 많은 곳을 가보고, 많은 것을 느끼려 했다. 그러기에
한 달이 짧았고, 다음에 찾아올지 모를 한 달을 또 기약하고 싶어진다.
그동안의 일들을 떠올리니, 소리 없는 웃음이 입가에 번진다. 자료 정리
를 마친 후 풀어 두었던 짐들을 챙겨 배낭에 넣고는 맥주 몇 병을 사이에

모토리노가 고장이 나서 안절부절 하고 있을 때 나타난 아버지와 아들. 입으로 기름을 뱉어내며
수리를 해준 고마운 이들.

두고 승준이와 마주 앉는다. '크리스탈'이란 상표가 새롭다. 처음 아바
나 국제공항에 떨어졌을 때 보았던 간판 속의 'CRYSTAL' 맥주를 무던
히도 먹으며 다녔었는데, 마지막 날도 역시.

"고생 많았다!"

"고생은요, 뭘…."

우린 얼굴이 상기될 때까지 마시고 싶었지만, 긴장이 풀려서인지 그동안의 여독이 한꺼번에 밀려와 얼마 후 불을 꺼야 했다. 언제나 그렇듯 내일의 새로운 일들을 기대하며 머릿속에 그림을 그린다. 어둠이 내린 침대에 누워 눈을 감은 채 서로를 다독이는 말을 주고 받는다. 이러다 잠이 들 테지, 아쉬운 쿠바여….

레닌의 미라

레닌공원 Parque Lenin 은 아바나의 중심부로부터 남쪽으로 20킬로미터 정도 떨어져 있는데, 이름에서 알 수 있듯이 레닌을 기념하기 위한 공원이다. 1922년부터 1991년까지 유지되었던, 소련 연방이 붕괴되던 당시 동구권의 많은 나라들에서는 시민들에 의해 레닌의 동상들이 부수어져 나갔다.

나는 산타클라라에서 에르네스토 체 게바라를 만날 수 있었고 아바나에서 호세 마르티를 만났었다. 이제는 마지막으로 레닌을 만나려 한다. 넓이가 무려 225만평에 이르는 공원에 들어서니 넓은 초지에 숲이 우거진 모습이 한눈에 든다. 넓은 습지에는 새들이 자유로이 날아와 휴식을 취한다. 흰 벽돌 계단을 올라 레닌을 바라보는 순간 나는 왠지 '미라'를 보는 듯했다. 파란 하늘아래 놓인 흰 레닌 흉상이 정오의 직사광선을

▶ 레닌과의 만남을 끝으로 나의 쿠바 순례는 마침표를 찍었다. 혁명은 어디에 살아 있는가?
영웅호걸들의 '죽은 돌덩어리'에는 없다. 바로 남은 자들의 가슴에 있다.

반사하고 있었다. 9미터 높이에 무게가 1200톤이나 나가는 레닌과 마주한다.

"당신 여기서 뭐하고 있소?"

"어찌 여기까지 왔소?"

"당신은 어떤 이들을 행복하게 했나요?"

"인민 평등을 외치던 소련 연방이 불과 70년 만에 무너질 거라 상상이나 했소?"

산타클라라의 체 게바라 기념탑에 섰을 때는 양지에 쏟아지는 슬픈 빛을 느꼈었는데, 이곳 레닌공원의 석상과 마주하고 있으니 천덕꾸러기 뒷방 늙은이를 만난 것처럼 힘이 빠진다. 세상은 아직도 불공평하고 어지럽다. 지금도 수많은 영웅들과 혁명가들이 나고, 죽고 있으며, 그들에 대한 평가도 항상 엇갈린다. 뫼비우스의 띠처럼 끝나지 않을 인간의 욕망이 혁명가들을 생산해 내고 있다.

에르네스토 체 게바라에서 시작된 쿠바 여정이 이제 레닌에서 끝을 맺으려 하고 있다. 혁명 완수는 당사자에서 끝을 맺지 못하고, 후에 오는 이들에게 짐을 나누어 준다. "혁명의 나라"라 불리는 쿠바 어디에 혁명이 남아 있는가? 그것은 존경해 마지않는 체 게바라의 동상에도 호세 마르티의 기념탑에도 레닌의 미라에도 없었다. 길거리 벽에 적힌 붉은색 혁명 구호들보다 선명한 것은 쿠바인들의 가슴에 각인된 정신이다. 혁명의 실체는 눈으로 볼 수 없다. 인간의 행복추구가 끝이 없듯이 인간의 혁명 또한 끝나지 않을 것이다.

공원을 빠져나와 호세 마르티 국제공항으로 가는 길, 많은 이들이 대로변을 메우고 앉아 있다. 손에는 저마다 쿠바 국기가 하나씩 들려있다. 얼마 전 치러진 '국제야구대회'를 마치고 귀국하는 쿠바 대표팀을 마중 나온 인파들이었다. 나는 박정희에서 전두환으로 이어진 국군의 날 행사를 떠올렸다. 야외 수업이라는 말만으로 단체로 동원되어 평일 정오에 길거리에 서있었던 기억. 모판의 모 마냥 도로변에 심어진 채로 태극기 흔드는 요령을 교육받던 때를….

"혁명과 독재는 무엇인가?"

나는 희망한다. 길에 나온 이들이 '뿌려진 사람들'이 아니기를…. 지금도 그리고 앞으로도!

북조선에서 왔습니까

아바나 공항의 천정을 가득 메운 만국기들, 남미나 아프리카의 국기들이 넘쳐난다. 우리에겐 과거 적성국으로 분리돼있던 나라들의 국기들도 눈에 든다. 대부분 붉은 별이나 도끼, 망치가 그려져 있는 나라들이다. 태극기를 찾아보려 했지만 허사다. 하지만 북한의 '인공기'는 다른 나라들의 국기들과 어깨를 나란히 하고 있었다. 과거 냉전시대의 정점에 있었을 때 우리나라는 미국을 선

생각이 다른 만큼 국기도 많다. 모두가 잘 먹고 잘살자는 뜻은 같으니 이야기를 나눠보자. '인공기'가 눈에 들어온다. 북한은 '공화국 국기'라고 부른다. 빨간색은 공산주의 혁명 정신, 별은 공산주의사회 건설, 흰색 바탕은 음양사상과 광명, 파랑은 평화의 희망을 상징한다.

택했고, 북한은 소련과 중국을 선택했다. 쿠바 역시 소련, 중국과 각별한 관계를 맺었던 사이. 그리고 북한과 쿠바도 서로 교류를 해왔다.

　티켓이 잘못되어 아바나 국제공항에 있는 쿠바 항공 사무실에 간 적이 있었다. 나는 그곳에서 한국말을 하는 쿠바 여자를 만났다. 정확히 말하자면 그녀는 북조선 말을 유창하게 구사했다. 그녀는 과거에 북한의 초청 장학생으로 김일성 종합대학에서 공부한 적이 있었다고 했다. 그녀가 처음 한 질문은 "북조선에서 왔습니까?"였다. 한동안 우리는 남조선 말과 북조선 말을 사용해 대화를 했다. 같은 말로 의사소통이 가능한 쿠바인을 만나다니, 재미있는 경험이었다. 다시 이곳에 온다면 그때는 "북조선에서 왔습니까?"라는 질문 대신 "어디서 왔습니까?"라는 평범한 질문을 받고 싶다.

작은 쿠바이야기

내 생애 가장 아름다운 여행 3

메구스타 쿠바

1판 1쇄 발행 2007년 7월 20일
1판 2쇄 발행 2016년 8월 30일

지은이 · 이겸
펴낸이 · 주연선

편집 · 이진희 심하은 백다흠 강건모 이경란 윤이든 강승현
디자인 · 이승욱 김서영 권예진
마케팅 · 장병수 김한밀 정재은 김진영
관리 · 김두만 유효정 신민영

(주)은행나무
04035 서울특별시 마포구 양화로11길 54
전화 · 02)3143-0651~3 | 팩스 · 02)3143-0654
신고번호 · 제 1997-000168호(1997. 12. 12)
www.ehbook.co.kr
ehbook@ehbook.co.kr

잘못된 책은 바꿔드립니다.

ISBN 978-89-5660-201-1 03810